AF139347

Károly Gerner

Des Teufels Dutzend

Impressum

Herstellung und Verlag:

BoD-Books on Demand, Norderstedt 2015

ISBN 978-3-7386-6351-8

Titelbild: Joachim Gerner, Vorlage: Kwasny 221, Vampire face, Fotolia 59381314

I

Die auffallend schöne und ebenso kluge Diana lag in den letzten Wehen und erwartete ein Kind der Sünde. Das vermochte in der Gemeinde von immerhin fast viertausend Seelen kaum noch jemanden zu überraschen. Es hatte sich nämlich schon vor Monaten mit Windeseile herumgesprochen, dass die bezaubernde Lehrerin vom gleichermaßen attraktiven Priester geschwängert worden war.

Obwohl diese Begebenheit unverblümt vom sträflichen Verstoß des katholischen Würdenträgers gegen das Keuschheitsgelübde kündete, waren dennoch allesamt zutiefst erfreut und buchstäblich glückstrunken über den neuen Erdenbürger, den sie Abel nannten.

Jeder genoss auf seine Weise in vollen Zügen das augenscheinlich wohlwollende Entgegenkommen Fortunas: die stolze Mutter, weil sie ihrem Erwählten einen gesunden Sohn schenkte; der frischgebackene Vater, da ihm seine Angebetete den größten Herzenswunsch erfüllte; die Eltern der umschwärmten Wöchnerin, zumal sie bereits seit Längerem sehnsüchtig auf Enkel hofften. Und alle Einheimischen sowieso. Sie strömten trotz winterlicher Kälte am

18. November 1936 eilends zum großen Marktplatz, umarmten einander jubilierend, stimmten enthusiastisch Lobgesänge an, wiegten sich immer schneller im heißen Rhythmus ihres Nationaltanzes, dem Csárdás, und gerieten dabei zusehends in stürmische Euphorie, gleichsam, als ob sie der Himmel unverhofft mit lauter auserlesenen Gaben überschüttet hätte.

Nur die Erzeuger des scheinbar tollkühnen Missetäters erfuhren nichts vom ungezähmten sexuellen Begehren ihres Nachfahren. Dessen frevelhafte Exzesse hätten sie als strenggläubige Christen ohnehin nicht schadlos verkraftet. Insofern kam ihnen vielleicht der Umstand zugute, dass sich ihr Domizil in der Landeshauptstadt befand. Und Budapest war weit entfernt.

Demgegenüber beflügelte das spektakuläre Geschehen sämtliche Bewohner der Siedlung, zählten doch sowohl die Pädagogin als auch der Pfarrer bei Jung und Alt zu den angesehensten und am meisten verehrten Persönlichkeiten. Ebendarum hielten sie fortan gütlich ihre schützenden Hände über die junge Familie. Nicht einer der Bodenständigen sollte die entzückende Harmonie des edlen Bundes jemals beeinträchtigen oder gar bewusst schädigen. Dieses hehre Versprechen krönten die Ansässigen einvernehmlich mit einem feierlichen Gelöbnis.

Aber es waren dunkle Mächte im Spiel, vornweg Luzifer. Selbstredend rieb sich der Höllenfürst infolge der unschicklichen Niederkunft genüsslich die Hände, denn er witterte einen besonders leckeren Braten. Ihm war geläufig, dass den Liebenden der kirchliche Segen andauernd versagt bleiben musste. Sonach gewahrte er eine durchaus reelle Chance, sich bei passender Gelegenheit ihres Sprösslings zu bemächtigen und dessen Schicksal zu beeinflussen. Dabei könnte er sich als Geist der Finsternis viel Zeit lassen, denn sein Vorhaben würde ihm bestimmt niemand streitig machen, auch wenn es sich als noch so verwegen und eigennützig darböte. Nicht einmal der himmlische Vater würde ihn daran hindern, sein Ziel zu erreichen, weil der besagte Bastard auch für den Heilsbringer als ein mit Fluch beladenes Wesen galt.

Andererseits müsste er erwägen, sorgte sich der Beelzebub ein wenig unsicher, dass der Erbarmer den Sterblichen schließlich alles verzeihen könnte, solange sie fest an seine Allmacht glaubten. Doch schon kurz darauf verwarf er rigoros sämtliche Einwände und sprach, um sich selbst nachhaltig anzustacheln: „So ein Zinnober! Weg mit diesen Bedenken und hin zu meinem Plan mit Abel! Eine derart reizvolle Trophäe darf ich mir auf keinen Fall entgehen lassen. Ich muss und werde mir diese Beute aneignen, koste es, was es wolle! Dann mache ich die Nacht zum Tage, um mich ausgiebig zu sonnen, denn es wird mit Sicherheit ein grandioser Erfolg!", frohlockte der Antichrist. „Am besten, ich würde dem Heranwachsenden schon im Knabenalter einen ordentlichen Denkzettel verpassen, damit der Jüngling wenigstens in dunklen Umrissen erahnt, wer tatsächlich über ihn herrscht", war seine spontane Idee.

Vielleicht sollte er dem Spross zuerst die Eltern rauben und künftig noch härtere Bewährungsproben aufbürden, grübelte der Widersacher. Er könnte ihn mit einer Waffe ausstatten, über die kein anderer verfügt. Abel würde sich ihrer bedienen, beim ersten Mal als Halbwüchsiger wohl eher ungeplant, doch später, im Herbst seines Lebens, mit voller Absicht, um sich für mannigfach erlittene Schmähungen gnadenlos zu rächen. „Sobald er jedoch die ‚heilige Zwölf' überschreitet und seine glühende Vergeltungssucht ein dreizehntes Opfer fordert, wird es um ihn geschehen sein. Dann befindet er sich vollends in meinem Reich", johlte der Leibhaftige und fiel in einen überschäumenden Freudentanz, der ihn fast in Ekstase versetzte.

„Ach, da fällt mir ein", kam es ihm plötzlich in den Sinn, „ich werde den Jungen während seines ersten Jahrzehnts nicht behelligen. Er soll sich einstweilen aufs Beste entwickeln. Aber nach dem großen Völkergemetzel* treibe ich seine ganze Sippschaft nach Deutschland und werde dann ununterbrochen ein Auge auf ihn haben, damit mir nichts Wesentliches entgeht.

Des Weiteren beglücke ich Abel mit einer phänomenalen Eheliebsten, die ihm reichlich Wonnetrunkenheit bescheren wird. Auch Kinder soll er mit ihr zeugen, vorher jedoch einen ordentlichen Beruf erwerben. Darüber hinaus gewähre ich ihm weitere Freiheiten und Genüsse. Doch meinem Plan entkommt er nicht!", sprach's und triumphierte begeistert.

---

* Gemeint ist der Zweite Weltkrieg.

II

Es war eine sonderbare Begebenheit, die mich dazu bewog, mich mit Abels höchst merkwürdiger Laufbahn auseinanderzusetzen. Den entscheidenden Antrieb dafür erhielt ich durch Peter, und zwar ausgerechnet zu jener Stunde, in der er sich von allen irdischen Gefilden endgültig lossagen musste. Da ich sowohl mit Abel als auch mit Peter lange innig befreundet war, halte ich es für angebracht, dessen Lebensgeschichte wenigstens in groben Zügen ins Blickfeld zu rücken, denn immerhin gaben mir seine Abschiedsworte schwer lösbare Rätsel auf.

Peter entdeckte mit knapp fünfundzwanzig Lenzen ein Mädchen, dessen einnehmendes Wesen ihn regelrecht überwältigte. Es begegnete ihm als die personifizierte Verkörperung einer nahezu idealen Harmonie von Natürlichem und Geistigem. Das nahm ihn restlos gefangen, und er frohlockte, als ihn Amors Pfeil mitten ins Herz traf und er von allen möglichen Geschenken das kostbarste erhielt. Sonach warb der Jüngling überaus leidenschaftlich um die Gunst seiner Angebeteten. Die Schicksalsgöttin meinte es offenbar gut mit ihm, denn nach anfänglichem Zögern erwiderte das Mädchen bereitwillig sein Begehren.

Die Liebe zwischen Peter und seiner hinreißenden Veronika musste zwar im Verlauf von Jahrzehnten mehrere, teils auch ziemlich harte Proben überstehen, doch ward sie umso tiefer und fester. Sie zeugten drei Kinder, und ihr Glück schien perfekt. Auch beruflich waren sie erfolggekrönt, da sie ihre Arbeit mit Sachkenntnis, Zuversicht und beflissen verrichteten, was ihnen hohe Anerkennung einbrachte.

Ihren Freundeskreis pflegten sie wie zarte Pflanzen, mit denen man behutsam verfährt, damit sie prächtig gedeihen. Ihr Umgangsmotto lautete: „Es sei alles erlaubt, was keinem schadet." In ihrer Nähe musste man sich einfach wohlfühlen, denn bessere Freunde kann man sich gar nicht wünschen. Kurzum, sie wirkten in jeder Hinsicht als Vorbild für das Tun und Lassen ihrer Mitmenschen.

Genau zwölf Monate nach Eintritt ins Rentenalter befiel meinen Freund das allseits gefürchtete, unberechenbare und überaus böse Haustier namens Krebs. Es nistete sich unversehens in seinen Körper ein und trieb ein mörderisches Spiel, indem es zuhauf Metastasen hervorbrachte. Peter blieb keinerlei Chance, dem grausamen Würgeengel zu entrinnen.

Wenigstens gewährten ihm die Mächte der Finsternis ein bisschen Zeit, die er eifrig nutzte, um wichtige Angelegenheiten zu erledigen. Auf den nahenden Tod war er ja nicht vorbereitet. Indessen boten sich mir wiederholt Gelegenheiten, mit ihm Gespräche zu führen, so auch das letzte

Mal, kurz bevor er unwiderruflich von uns ging. Unser Gedankenaustausch wandelte sich allerdings beizeiten zum Monolog, indem ich aufmerksam zuhörte, was der todkranke Kamerad noch unbedingt loswerden wollte.

Er sprach zwar leise, trotzdem klar und verständlich, auch nicht im Geringsten wehklagend. Peter betonte, dass er gerne noch einige Jahre mitgemacht hätte, schon allein deshalb, um die redlich verdiente Seniorenzeit mit seiner lieben Veronika zu genießen. Aber es sollte eben nicht sein. Dennoch wäre er nicht unzufrieden mit seiner Lebensgestaltung, weil ihm und seinen Angehörigen der Grundsatz „Nutze den Tag, er kehrt nicht wieder!" stets ein wichtiger Begleiter war.

Mit besonderer Genugtuung erfülle ihn die Zuversicht, dass seine Frau auch als Witwe in fast allen Belangen bestens zurechtkäme, da sie gottlob im hohen Maße eigenständig sei. Dessen ungeachtet hätte er nichts dagegen, fügte er zaghaft hinzu, wenn sie sich später einen anderen Mann suchte, mit dem sie glücklich wäre. Ergo könne er auch hierauf einigermaßen beruhigt bei Petrus anklopfen. Insofern gehe er in Frieden mit sich und der Welt.

Obwohl ich von ihm nichts anderes erwartet hatte, war ich doch aufs Angenehmste berührt. Danach beobachtete ich jedoch, wie sich auf seiner Stirn Sorgenfalten bildeten. Ich hatte den Eindruck, er wollte noch etwas Außergewöhnliches, vielleicht sogar Geheimes, meiner Obhut übertragen. Und tatsächlich flüsterte er nach längerem Zögern mit größter Anstrengung drei Worte in mein Ohr. Sie lauteten: „Sohn ... Abel ... Elbmonster." Deren Sinn habe ich allerdings nicht begriffen. Umso mehr hoffte ich, er füge noch etwas hinzu, damit mir ein Zusammenhang entstünde, der mir zumindest eine gewisse Deutung ermöglicht hätte. Aber dazu kam es nicht mehr. Seine Kräfte waren erschöpft. Schließlich vernahm ich ein dankbares Lächeln, und ich spürte, dass dies zugleich sein letzter Gruß war. Leise zog ich davon. Doch etwas Rätselhaftes blieb in meinem Inneren haften. Ich konnte mir trotz intensiver Grübelei keinen Reim darauf machen, was er mir anvertrauen wollte. Tags darauf war es mit Peter vorbei. Geist und Seele glitten ins Jenseits.

Ungeachtet seines Ablebens und der Erlösung vom Leiden wurde seine Witwe Veronika mehr denn je von Trauer geplagt. Gewiss, ihr blieben die fürsorglichen Kinder und deren tüchtige Partner, dazu eine Schar liebenswürdiger Enkel und nicht zuletzt der Freundeskreis. Doch all das ersetzte nicht jene harmonische Lebensgemeinschaft, die sich fortwährend aus innigster Zuneigung und respektvollem Umgang miteinander nährte.

III

Die Trauerfeier für den Dahingeschiedenen fand in einem relativ großen, gut gefüllten Raum statt. Unmittelbar vor Beginn der Zeremonie, als die Anwesenden schon Platz genommen hatten, öffnete sich nochmals die Eingangstür. In Begleitung eines jungen Mannes trat eine zirka fünfzigjährige Dame herein. Wir trauten unseren Augen nicht. Die Verwunderung steigerte sich mit jedem Schritt, den die beiden Fremden machten, weil sie mehr und mehr ins Blickfeld rückten. Sie verneigten sich gleichsam im Zeitlupentempo ehrfurchtsvoll vor dem Bildnis des Entschlafenen. Danach wandten sie sich ebenso bedächtig zum Publikum und suchten nach freien Plätzen. Jetzt befanden sie sich vollends im Sichtbereich aller Teilnehmer. Ein deutliches Raunen belebte den Saal, ausgelöst durch die gespenstische Szene. Es hatte den Anschein, als wäre der Tote wieder zum Leben erwacht, heimlich dem Sarg entstiegen, und stünde nun, um Jahrzehnte verjüngt, vor all den Menschen, die um ihn trauerten. Ein rätselhaftes und beklemmendes Bild, das sämtliche Anwesende in seinen Bann zog, denn dort stand kein Gespenst, sondern eine reale Person.

Die beiden Unbekannten, es handelte sich ganz offensichtlich um Mutter und Sohn, waren dem Anlass entsprechend gekleidet, von schlanker Gestalt und auffallender Noblesse. Der junge Mann überragte seine Begleiterin um gut eine Kopflänge. Die Frau trug ihr dunkles Haar straff nach hinten gekämmt und zu einem Dutt zusammengefügt. Dass das ungleiche Paar auf Anhieb volle Aufmerksamkeit erregte und Einzelne sogar in Angst und Schrecken versetzte, war kein Wunder, denn der Jüngling glich dem Verstorbenen buchstäblich wie aus dem Gesicht geschnitten. Doch alle wussten, dass Peter keinen Sohn hatte. Oder man glaubte es wenigstens bis dahin. Auch war es nicht zu übersehen, dass der junge Mann bei Weitem nicht so viele Jahre hinter sich hatte, wie die Ehe meines Freundes mit seiner wunderbaren Veronika, die vermutlich eigens deshalb in Ohnmacht fiel.

Indessen wurde mir nun blitzartig klar, welches Geheimnis mein Kamerad am Ende unserer Abschiedsstunde durch seine zögerliche Formulierung „Sohn" mir anvertrauen wollte. Seit jenem denkwürdigen Ereignis vom Oktober 2008 treibt mich fortlaufend eine heftige Wissbegierde, der Sache auf den Grund zu gehen, herauszufinden, wie es dazu kam und was dahinter steckt.

Allein wie sich Peters einstiger Fehltritt auch immer offenbaren mag, im Vergleich zum Schicksal eines weiteren Freundes wird den meisten Interessenten eine derartige Sünde als reinste Bagatelle vorkommen. Abel war nämlich für lange Zeit der Dritte in unserem Bunde, zudem sein fester Anker, der Fels in der Brandung. Ihm war es jedoch nicht vergönnt, an der Trauerfeier teilzunehmen, weil er infolge widriger Umstände nichts davon erfahren hatte. Er befand sich angeblich auf einer Studienreise in afrikanischen Ländern und blieb für uns, trotz vielfältiger Bemühungen, einfach unerreichbar. Doch nicht nur das, er wird inzwischen auch von der Polizei weltweit gesucht. Bisher gibt es allerdings keine verwertbaren Hinweise zu seinem Verbleib. Ist er womöglich Opfer eines Verbrechens geworden? Oder hat er vielleicht selbst einen triftigen Grund zum Untertauchen? –

IV

Abel Kager und ich erblickten im selben Jahr das Licht der Welt, er zwei Wochen später, aber beide im Zeichen des Skorpions. Damals, neunzehnhundertsechsunddreißig, kam das krisengeschüttelte Europa immer noch nicht zur Ruhe. Kaum waren die Wunden des Ersten Weltkrieges einigermaßen verheilt, schon formten sich erneut drohende Gewitterwolken am Himmelszelt, was nur wenige Zeitgenossen als ein nahendes Unheil erkannten, gleichsam einer Apokalypse, die schon bald alles Vorangegangene an Grausamkeiten und Todesopfern in den Schatten stellen sollte.
Als Abel und ich geboren wurden, tobte in Spanien ein grausamer Bürgerkrieg, und deutsche Verbände testeten an der Seite dortiger Faschisten ihre brandneuen Waffen („Legion Condor"). In Germanien verkündeten blindwütige Nationalsozialisten, das Tausendjährige Reich zu errichten. Sie konzentrierten ihre Kräfte jedoch zunächst auf den bevorstehenden irrsinnigsten Waffengang aller Zeiten.

Das Land der Magyaren, unsere einstige Heimat, war bereits seit 1920 vom Horthy-Regime beherrscht, jenem rechtsradikalen Reichsverweser, welcher sich 1941 beim Überfall auf die Sowjetunion dem verhängnisvollen Machtstreben Hitlers anschloss. Sonach endete auch dessen Hochmut 1945 mit der bedingungslosen Kapitulation.

Damit war zugleich ein beträchtlicher Abschnitt unseres künftigen Lebens weitgehend besiegelt, denn wir mussten drei Jahre später Ungarn verlassen, wurden als Bürger mit ursprünglich deutscher Herkunft gewaltsam ausgewiesen.

V

Im Unterschied zu Abel standen an meiner Wiege keine anmutigen Grazien und erst recht nicht der über alles gebietende Mammon. In meiner Familie dominierte überwiegend der Küchenmeister Schmalhans. Es herrschte nahezu ständig ein Mangel, insbesondere an Lebensmitteln. Während mein Vater noch eine zumindest vierjährige Schulbildung hatte genießen dürfen, blieb unserer Mutter selbst das verwehrt. Sie war mehr als zwei Jahrzehnte lang Analphabetin, gleichwohl nicht ungebildet, denn sie verfügte über ein erstaunliches Erfahrungswissen, stets aufs Engste verknüpft mit einer beflügelnden Warmherzigkeit.

Wir hatten weder Strom, ergo auch kein Radio oder Fernsehen, noch Anschluss an ein öffentliches Wassernetz. Bei Dunkelheit zauberte eine Petroleumlampe spärliches Licht. Geld war uns zwar nicht völlig fremd, aber wir besaßen denkbar selten etwas davon. Natürlich verfügten wir Kinder über kein gekauftes Spielzeug. Doch Langeweile kam nicht auf. Wir halfen uns selber. Außerdem hatten wir von klein auf regelmäßig bestimmte Pflichten zu erledigen, was uns mit Stolz erfüllte, wenn wir unseren eigenen Beitrag zum Wohle der Familie leisten durften. So kümmerten wir uns beispielshalber um die verschiedenartigen Haustiere. Da gab es immer reichlich zu tun.

Unsere Mutter brachte insgesamt acht Kinder zur Welt. Zwei davon waren allerdings bereits gestorben, bevor ich als sechster Spross geboren wurde.

Wir lebten in einem winzigen Dorf namens Kispuszta* mit insgesamt sechzehn datschenähnlichen Gebäuden, die lediglich aus Holz, Lehm und Spreu errichtet worden waren. Die Bewohner schufen ihre Katen selbst, wobei sich die Nachbarn gegenseitig halfen. In der spärlichen Siedlung, welche sich obendrein noch auf drei Täler verteilte, wohnten ungefähr achtzig bis neunzig Menschen, die sich hauptsächlich von der Landwirtschaft aus eigenem Anbau oder vom Wildern ernährten. Dies war freilich strengstens untersagt, wehe dem, der sich dabei erwischen ließ.

Das Dörflein befand sich im Süden Ungarns, unweit der Grenze zum ehemaligen Königreich Jugoslawien. Mittlerweile ist es längst dem Erdboden gleichgemacht, doch die Erinnerung stirbt nicht.

Die nächste Gemeinde, Abels Wohnsitz, mit beträchtlich mehr Einwohnern, lag etwa sechs Kilometer entfernt. Dort wurden zuweilen Entscheidungen gefällt, die auch unsere Angelegenheiten betrafen. Dennoch wussten wir kaum etwas voneinander. Wir vegetierten ziemlich isoliert, aber sehr naturverbunden. Dies zeigte sich in mancherlei Hinsicht, denn wir konnten uns an den jeweiligen Gege-

---

* Kleinpuszta.

benheiten der Natur oftmals erfreuen, an der Pflanzen-
und Tierwelt ebenso wie an Sonne, Mond und Sternen.
Schon das fortwährende Spiel der bunten Schmetterlinge,
ihr harmonischer Reigen im Lichterglanz, das ständige
Umwerben, Foppen und Lieben, ist doch allenthalben eine
überaus faszinierende Darbietung. Oder bewusst wahrzu-
nehmen, wie sich zum Beispiel die Knospen bestimmter
Blumen von einem Tag zum anderen entfalten, um ihre
ganze Pracht zu offenbaren. All das und vieles mehr nahmen wir häufig und gerne in Augenschein, beobachteten es
manchmal stundenlang und zehrten lange von den teils
verblüffenden Eindrücken. –

Unsere Notdurft verrichteten wir meist im Freien, irgendwo auf heimatlichem Boden stehend oder kauernd, in der
Regel auf dem Misthaufen, welcher sich in der Nähe der
Stallungen befand. Als Toilettenpapier benutzten wir Gras,
Heu, Blätter oder sonstig geeignetes Material. Etwas davon
fand sich immer, außer während der frostklirrenden und
schneegekrönten Monate. Dann trieb es uns doch eher in
das kleine Holzhäuschen, welches unser Vater speziell dafür gezimmert hatte. Ansonsten blieb das stille Örtchen
meist den weiblichen Familienmitgliedern vorbehalten.
Den Küchenherd, die alleinige Koch- und Heizstelle, füt-
terten wir ausnahmslos mit Holz, das hauptsächlich wir
Kinder in den anliegenden Wäldern auflesen und heim-
bringen mussten. Doch manchmal gingen wir dabei ziemlich kühn zu Werke, obwohl es streng verboten war, Sträu-
cher und Bäume zu fällen. Aber wir hatten Glück und freuten uns jedes Mal wie kleine Schneekönige darüber, nicht

erwischt worden zu sein. Den staatlichen und privaten Forstbeständen schadeten unsere Aktionen keineswegs, im Gegenteil, sie wurden ausgelichtet und konnten sich noch üppiger entfalten.

Das einzige Verkehrsmittel waren unsere Füße. Nur ein paar Dörfler, denen es etwas besser ging, besaßen schon einen Ochsenkarren, vereinzelt sogar einen Pferdewagen. Bei dringendem Bedarf halfen sie uns allerdings mit ihren Fuhrwerken und Zugtieren aus. So durften wir gelegentlich zu den traditionellen Wochenmärkten mitfahren, wo wir unter anderem Salz, Zucker oder Schuhwerk für den Winter erwarben.

Unser lebender Besitz beschränkte sich auf einige Schafe und Ziegen sowie Hühner und nicht mehr als zwei Schweine. Ach ja, einen Wachhund hatten wir auch. Es gab genügend Landstreicher und nomadisierende Banden, die aufs Stehlen erpicht waren. Für unschuldig notleidende und hilfsbedürftige Bettler, die sich bisweilen auch zu uns verirrten, hatten meine Eltern und die anderen Dorfbewohner stets etwas übrig. Sobald sich jedoch besonders hartnäckige Eindringlinge allzu verwegen zeigten, ging es gnadenlos zur Sache. Da waren sich alle Siedler einig und griffen entschlossen zu den „Waffen", die sich gerade in ihrer Nähe befanden.

Dass es nach derart heißen Gefechten auch Verletzte gab, dürfte kaum verwundern. Tote waren allerdings nicht zu beklagen. Eine solche Schreckensnachricht erreichte uns erst gegen Ende des Zweiten Weltkrieges, als „die Russen kamen". Im übernächsten Dorf hatte man drei Uniformierte mongoliden Aussehens während eines Saufgelages absichtlich überrascht, kurzerhand erschlagen und in einer Jauchengrube versenkt. Sie waren über ein Mädchen hergefallen und hatten es vergewaltigt.

Das Gleiche war nur wenige Tage vorher auch meiner siebzehnjährigen Schwester widerfahren. Aber wir hatten keine Chance, uns zu rächen, zumal der Vater und die älteren Geschwister gerade nicht anwesend waren und die Nachbarn davon nichts mitbekamen. Insofern verspürten wir unmittelbar nach der Hiobsbotschaft, welche sich schneller als ein Lauffeuer verbreitete, eine Art persönliche Genugtuung, selbst wenn sie noch so abgründig und völlig unangemessen war. Wir hielten die Strafe für durchaus gerecht, weil in unserer Gegend, zu unserer Zeit das Prinzip der Selbstjustiz noch keineswegs als anrüchig oder verpönt galt.

Wie es ein wenig später hieß, verscharrten die in ihrer Ehre zutiefst verletzten und zornentbrannten Rächer die drei Leichname auf einem unwegsamen Gelände am Rande der Siedlung. Schließlich hätten umherstreunende Hunde die Überreste der Ermordeten herausgewühlt und gefressen.

VI

Eine bizarre Episode ist mir aus jener Zeit noch deutlich in Erinnerung, weil sie mich über alle Maßen verblüffte und wohl auch aufgrund meiner kindlichen Unbefangenheit zutiefst irritierte.

An einem sonnenklaren, milden Frühlingstag ließ sich unerwartet eine Schar Vagabundierender ganz in der Nähe unserer Behausung nieder, um zu rasten. Das auffallend lustige und vornehmlich junge Völkchen zählte etwa dreißig bis vierzig Personen. Sie machten es sich auf einem Hang bequem, und ich hatte zufällig Gelegenheit, hinter einer Hecke lauernd, ihr Treiben neugierig zu beobachten.
Während Babys schon an den Mutterbrüsten saugten, wurden verschiedene Speisen und Getränke aus den Rucksäcken hervorgeholt und die älteren Sprösslinge versorgt. Anschließend verzehrten die Erwachsenen ihren Anteil. Nachdem offenbar allesamt gesättigt waren und ihren Durst gestillt hatten, legten sich einige auf das jungfräuliche Grün, um zu schlummern. Andere blieben sitzen,

summten melancholisch anmutende Weisen oder sprachen leise miteinander.

Nun erhob sich jedoch aus der bunten Sippe ein älterer, sehr rüstig wirkender Mann, fasste eine neben ihm sitzende jüngere, deutlich größere Frau an beiden Händen und half ihr beim Aufstehen. Er führte sie zum nahe befindlichen Sägebock. Dort stützte sich das ansehnliche Weibsbild auf die Querstange des hölzernen Gestells und spreizte die Beine. Gleichzeitig holte ihr Begleiter sein Glied aus der Hose. Ich bekam regelrecht Stielaugen: Mein lieber Charlie, das war vielleicht ein Ständer! Ähnliches hatte ich zuvor nur bei Pferden gesehen. Mir blieb der Mund offen. Ich wusste nicht, ob ich davonlaufen oder weiter gaffen sollte. Die Neugier war stärker. Und so vernahm ich, wie sich des Mannes Kolben noch zusehends hob, als er den Rock lüpfte. Die Evastochter trug nichts darunter, sodass ihr riesiger Hintern zum Vorschein kam. Der Lüsterne stieß seinen straffen Penis in die empfangsbereite Muschi. Nachdem er seine Begierde gestillt und das Gemüt halbwegs gekühlt hatte, liefen beide gemächlich und sogar mit unverhohlenem Stolz zurück zu ihren Plätzen.

Was mich am meisten verwunderte, war die merkwürdige Atmosphäre innerhalb der Gruppe: Solcherart Zwischenspiele waren den Rastenden wohl hinreichend vertraut, als dass es sie auf irgendeine Weise gestört hätte. Freilich blickten einige lüstern auf den Paarungsakt, andere hingegen schauten fast teilnahmslos hin, die meisten berührte es jedenfalls überhaupt nicht. Vielleicht war es ja ihr Anführer, dem gewisse Sonderrechte zustanden. Immerhin stahl sich anschließend ein kesses Pärchen davon, verschwand hinter einem Strohhaufen und kehrte sichtlich beglückt mit purpurfarbenen Gesichtern zum Rastplatz zurück.

Es scheint mir keineswegs übertrieben, wenn ich rückblickend behaupte, dass sich von meinen späteren sexuellen Erfahrungen keine einzige Szene so dauerhaft in meinem Gedächtnis festsetzte, wie die soeben geschilderte.

VII

Jeder Erwachsene kann von Kindheitserlebnissen berichten, die er niemals vergisst. Bei mir hat sich auch die folgende Begebenheit besonders tief eingeprägt:

In unserem einstigen Heimatdorf, dessen Bewohner sich ausnahmslos der römisch-katholischen Kirche verschrieben hatten, waren die Sonntage heilig. Zumindest nachmittags wurde nicht gearbeitet, denn es wäre Sünde gewesen. Stattdessen besuchten sich die meisten Familien oder Teile davon oft gegenseitig. So putzte unsere Mutter meinen vier Jahre älteren Bruder und mich schön zurecht, machte sich sowie uns beide gebührend schick, und wir zogen mit ihr bei strahlendem Sonnenschein los, um das etwa anderthalb Kilometer entfernte Domizil von weitläufig Verwandten anzusteuern. Unser Vater blieb freiwillig daheim und kümmerte sich um den Rest der Sippe.

Die Adressaten gehörten zu den etwas begüterten Leuten innerhalb der Siedlung, weil sie nicht nur Schweine, Schafe und Ziegen, sondern auch eine stattliche Anzahl an Rindern sowie größere Äcker und Wiesen besaßen. Sie beschäftigten sogar eine Magd und zwei Knechte, obwohl die Eltern des Mannes auch im Hause wohnten, noch sehr rüstig waren und in der Wirtschaft mithalfen. Zudem war die Familie außerordentlich kinderlieb, auch wenn sie selbst nur auf einen Sohn verweisen konnte, das allerdings beständig mit sichtlichem Stolz. Es hieß, der Ehemann hätte infolge eines speziellen Unfalls keinen weiteren Nachwuchs zeugen können. Jedenfalls gingen wir Kinder besonders gern dorthin zu Besuch, vielleicht eigens deshalb, weil die ausnehmend freundliche Hausfrau ihren Gästen stets ein beachtliches Stück Kuchen sowie einen Becher mit frischer Kuhmilch verabreichte, was wahrlich jederzeit ein Hochgenuss war!

Nicht anders begann für mich jener denkwürdige Nachmittag gegen Ende des Monats September vom Jahre 1944. Nachdem mein Bruder und ich sowie der kräftige Bursche des Hauses unseren Appetit gestillt hatten, ging es hinaus in die freie Natur. Doch weit kamen wir nicht, denn hinter den Stallungen befand sich eine großräumige Jauchemulde, an deren Umrandung mehrere Jugendliche standen und mit langen Weidengerten in der Gülle hantierten. Mit heftigem Erstaunen nahmen wir sogleich wahr, dass es in der stinkenden Brühe vor Ratten nur so wimmelte. Selbstredend hielt auch uns das überraschende Naturschauspiel augenblicklich gefangen, zumal die aufgescheuchten Tiere wild umherirrten, sich dabei oftmals unsichtbar machten und an anderer Stelle wieder auftauchten oder vereinzelt sogar erfolgreich flüchteten. Es waren verlockende Bilder, die uns zwangsläufig in ihren Bann zogen.

Derweil muss es einen verwegenen Jüngling, welcher sich ganz in meiner Nähe aufhielt, enorm gereizt haben, mir von hinten einen kräftigen Schubs zu verpassen. Und schon befand ich mich in der schwarzgrauen, ekelhaft riechenden Masse; oben dünnflüssig, nach unten zunehmend dickbreiig, wie ich sofort zu spüren bekam. Auch war das Becken viel tiefer, als ich vorher gemeint hatte. Ich gelangte zwar relativ schnell wieder an die Oberfläche, paddelte jedoch wie ein entsetzlich verängstigter Hund in Richtung des anderen Ufers, statt mich dorthin zu bewegen, wo ich zuvor stand. Die Entfernung wäre viel kürzer gewesen. Anscheinend trieb mich die Furcht, der Unhold könne mich wieder zurückstoßen, instinktiv weg von ihm. Indessen verließen mich bald darauf sämtliche Kräfte, und ich versank vollends in der abscheulichen Jauche. Vermutlich haben die giftigen Dämpfe, die ich unmittelbar einatmete, mir dabei noch den Rest gegeben.

Im Nachhinein erfuhr ich, dass sich zuerst mein Bruder heldenhaft in die Gülle stürzte, um mich zu retten. Als er es allein nicht schaffte, sprang der Sohn unserer Gastgeber beherzt hinterher, und vereint konnten sie mich bergen. Inzwischen war ich längst weggetreten, absolut ohnmächtig, dem Tode so nahe wie nie zuvor. Die herbeieilenden Erwachsenen holten mich schließlich ins Diesseits zurück, indem sie mich an den Beinen hochhoben, damit die Jauche aus meinem Magen abfloss. Allzu viel wird es nicht gewesen sein, was ich von dem widerlichen Zeug notgedrungen schluckte, denn ich hatte ja kurz zuvor reichlich Speis und Trank zu mir genommen.

Nachdem wir drei Burschen einigermaßen gereinigt waren, erhielten mein Bruder und ich je eine Decke, damit wir uns aufwärmen und zugleich die Blöße verhüllen konnten. Anschließend fuhr uns der Gastgeber mit seinem Ochsenkarren persönlich nach Hause. Einen Knecht wollte er damit offenbar nicht beauftragen.

Schon am nächsten Tag machte das Geschehen die Dorfrunde. Als ich am folgenden Mittwoch wieder frisch und munter auf dem Schulhof erschien, wo sich bei günstigem Wetter nahezu alle Schüler vor Unterrichtsbeginn trafen, verhielten sich die meisten Jungen und Mädchen mir gegenüber recht seltsam. Einige blickten mich fast ungläubig an, als wäre ich ein leibhaftiges Gespenst. Andere wiederum hielten gebührend Abstand, darunter auch der Bösewicht. Er hätte sich wohl vor lauter Scham und Reue am liebsten ganz verkrochen. Seine Freveltat habe ich ihm übrigens beizeiten verziehen.

Einige Frechdachse kamen schließlich ganz nah zu mir, beschnupperten mich keck von oben bis unten, ebenso von hinten nach vorn, um vor aller Augen schalkhaft zu prüfen, ob ich denn eventuell noch nach Jauche riechen würde. Spornstreichs umarmten sie mich freudestrahlend, wonach die anderen Schüler gleichfalls zu mir strömten, um mich frohgemut in ihrer Mitte aufzunehmen.

Jene überwältigende Warmherzigkeit werde ich zeitlebens in schönster Erinnerung behalten.

VIII

Unsere Schule war ein sehr auffälliges Gebäude am Fuße des mittleren Tales, in dessen Nähe sich ein munterer Bach schlängelte. Dieser diente ursprünglich über ein künstliches Staubecken vielen Dorfbewohnern als Lebensspender, darunter auch uns, bis mein Vater auf dem eigenen Grundstück selbst einen Brunnen grub. Unterhalb der Siedlung, am besagten Bach entlang, lagen saftige Wiesen, auf denen kultivierte Weidenstöcke prächtig gediehen, deren Ruten mein Vater zum Korbflechten nutzte.

In der Schule, die von der gesamten Dorfgemeinschaft geschaffen worden war, befand sich außer einer idyllischen Mansardenwohnung vor allem ein ungewöhnlich großer Raum von bald fünfzig Quadratmetern. Dort wurden alle schulpflichtigen Mädchen und Jungen der Siedlung gleichzeitig unterrichtet, in sämtlichen Fächern, von nur einem Pädagogen. Das bedurfte natürlich einer straffen Organisation des Unterrichts wie auch einer strengen Disziplin. So unterstützten beispielsweise die älteren Schüler die Kleinen, die Starken halfen den Schwachen, was durchaus den üblichen Gepflogenheiten entsprach. In den acht Klassenstufen befanden sich jeweils drei bis vier Schüler, in meiner zwei niedliche Mädchen und ich. Der Unterricht erfolgte ausschließlich in ungarischer Sprache, obwohl die Vorfahren der meisten Kinder deutscher Herkunft waren, also zur nationalen Minderheit gehörten.

Der Lehrer, ein recht kleingewachsener, fast kahlköpfiger älterer Herr mit abstehenden Ohren und spitzer Nase, dazu spindeldürr und mit piepsiger Stimme, war stets vornehm gekleidet und zeigte sich durchweg überaus streng. Wenn ein Zögling einmal nicht gehorchte, gab es sofort eine kräftige Ohrfeige. Aber weit schlimmer und schmerzhafter wirkten die Schläge mit einem sehr biegsamen Rohrstock auf die ausgestreckten Hände oder gar auf die zusammengefügten und nach oben gerichteten Fingerspitzen. Das tat furchtbar weh, und nicht immer konnte der jeweilige Übeltäter die Schmerzenstränen unterdrücken.

Unsere Eltern reagierten darauf allerdings stets mit den Standardsätzen: „Das muss wohl sein. Es will euch helfen!" Gleichzeitig umarmten sie uns tröstend. Kein einziges Mal äußerten sie sich während unserer Anwesenheit gegen diese harten Methoden. Schließlich hielten wir das für normal und klagten nicht mehr. Hinzu kam, dass wir unseren Lehrer, trotz seines strengen Durchgreifens und seiner kümmerlichen Erscheinung, im Grunde genommen doch respektierten und in mancher Hinsicht sogar aufrichtig mochten, vornweg wegen seines umfangreichen Wissens, wovon er uns fortwährend überzeugte.

Eines Tages jedoch verschwand urplötzlich das „gescheite Hutzelmännchen", wie ihn die Einheimischen spöttisch unter vorgehaltener Hand nannten, als wäre er für alle Zeiten vom Erdboden verschlungen worden, wofür sich vorerst keinerlei stichhaltige Erklärung fand. Das ereignete sich im Oktober 1946.

Nach etwa drei Wochen muss es Zeus höchstpersönlich gewesen sein, der uns ein göttliches Wesen sandte, von allen seinen Töchtern wohl die klügste und attraktivste, die er jemals in seinem Reich gezeugt hatte.

Wir verehrten die neue Pädagogin von Anfang an wie eine Heilige. Sie war ungemein faszinierend, ausnehmend klug, dazu bildhübsch, von feingliedriger Gestalt sowie jugendlicher Dynamik und sicherlich auch gerecht, kurzum, eine von uns inbrünstig angebetete Göttin voller Anmut und Schönheit. Ich will nicht verhehlen, dass mir jenes zauberhafte Geschöpf mit seinem umwerfenden Liebreiz schon damals als Zehnjähriger in meinen Träumen erschien, die selbstredend überaus wonnetrunken waren.

Fortan gab es in unserer Schule keinerlei schmerzhafte Bestrafungen mehr. Wir Jungen erhielten zwar hin und wieder eine leichte Kopfnuss, die wir als eine wohltuende Berührung empfanden, mit der wir leider viel zu selten beschenkt wurden. Von nun an lernten wir tatsächlich der Lehrerin zuliebe. Ich habe es selbst anderthalb Jahre lang erlebt. Es dürfte eine geradezu phänomenale Grundlage für bleibende Erfolge in einem solchen Beruf sein.

Auch innerhalb unserer Dorfgemeinschaft erfuhr die hübsche Pädagogin höchste Anerkennung. Man begegnete ihr in jeder Hinsicht mit gebührendem, teilweise an Unterwürfigkeit grenzendem Respekt, wenn auch mit spürbarer Distanz, kam sie doch aus einer anderen Welt, falls nicht gar von einem fremden Stern. Sie war für uns die sichtbare Verkörperung weiblicher Grazie, brillanter Intelligenz und ehrbarer Redlichkeit in einem, alles in allem eine himmlische Erscheinung. Ihrem überwältigenden Charme konnte sich keiner entziehen.

Lediglich der Religionsunterricht wurde nicht von ihr erteilt. Eigens dafür kam ab März 1947 einmal pro Woche ein junger Priester nach Kispuszta, um sämtliche Schüler gleichzeitig in Glaubenslehre zu unterweisen. Ich erinnere mich noch gut an sein Eintreffen am ersten Tag.

Als er den Raum betrat und noch bevor wir seinen Worten lauschen konnten, bewunderten die meisten von uns zunächst seine besonders auffallende Tonsur, kreisrund geschoren, in der Mitte seines Hinterkopfs, deren Sinn uns völlig unbekannt war und rätselhaft erschien. Natürlich bemerkte er unsere Neugierde, denn wir sahen wie gebannt auf den etwa sieben Zentimeter großen Fleck in seiner ansonsten opulenten Haarpracht. Also erklärte er die Eigentümlichkeit, indem er uns darlegte, dass es sich um ein traditionelles Standeszeichen für katholische Mönche und eben auch Kleriker wie ihn handle, ähnlich einem Ehrenkodex.

Schon drei Tage später überraschte uns ein argloser Frechling mittels einer geschorenen Stelle auf seinem kindlichen Nischel, wenngleich eher im Zickzack als schön kreisförmig ausgeführt. Er wollte wohl nicht bloß Aufsehen erregen, sondern obendrein zur Kaste der Erlauchten gehören. Stattdessen erntete er Hohn und Spott von uns. Der arme Junge war sicher heilfroh, nachdem die kahle Stelle allmählich wieder zuwuchs, auch wenn die Blamage damit freilich nicht gelöscht war. Allein die stets sauber geschorene Tonsur des Kaplans bildete im Vergleich zu seinem kleinen Nachahmer einen fortwährenden Blickfang.

Der junge Priester verliebte sich alsbald in die bezaubernde Lehrerin, so unsere Wahrnehmung, was zum Dauerbrenner in den üblichen Dorfgesprächen wurde, weil es jeden brennend interessierte.

Doch dieser Eindruck entsprach nicht ganz den Tatsachen, denn die beiden waren bereits seit Jahren miteinander eng verbunden. Sie hatten sogar einen gemeinsamen Sohn, nämlich Abel. Das erfuhr ich allerdings erst viel später.

IX

Abels Mutter hatte in Budapest eine hervorragende Ausbildung zum Lehrerberuf genossen und führte diesen mit großer Freude sowie glänzendem Erfolg aus. Auch sein Vater war als junger Seelsorger innerhalb seiner Gemeinde außerordentlich beliebt. Anders wäre sowieso nicht zu erklären, dass ein katholischer „Sündenbruder" vollkommen ungescholten seinem priesterlichen Auftrag nachkommen durfte. Es fand sich schlichtweg kein einziger Denunziant, um ihn anzuschwärzen. Dafür stand er viel zu sehr in der Gunst aller Einheimischen, obwohl jeder wusste, dass er trotz kirchlichen Verbots ein Kind gezeugt hatte.

Abel wuchs bei seinen Großeltern mütterlicherseits auf, wo auch der angesehene Pfarrer zur Untermiete logierte, seitdem er in Mágocs als beauftragter Gemeindehirte wirkte. Das hübsche Fräulein aus der wohlhabenden Familie ward bald schon seine Partnerin, und ihrem gemeinsamen Filius, der ein Einzelkind blieb, standen buchstäblich alle Türen offen, um möglichst viele Träume in Erfüllung gehen zu lassen. Nach ihrer Entbindung blieb die stolze Mutter ein

Jahr zu Hause, um sich ausschließlich ihrem Nachwuchs zu widmen. Sodann unterrichtete sie über mehrere Jahre hinweg die Schüler in ihrem Wohnsitz, bevor sie die unversehens verwaiste Stelle an der Minischule in unserer Siedlung Kispuszta übernahm. Sie nutzte die Mansardenwohnung selten, weil sie beinahe täglich heimfuhr, um bei ihrer Familie zu sein.

Die sechs Kilometer lange Wegstrecke zum Arbeitsort und wieder zurück bewältigte unsere Lehrerin überwiegend mit einem Fahrrad. Das war für uns Hinterwäldler damals ein sensationelles Gefährt, welches insbesondere wir Schüler nicht genug bewundern konnten. Natürlich war es unser sehnlichster Wunsch, irgendwann selbst eines zu besitzen.

Die geschätzte Pädagogin sorgte fortwährend für Überraschungen, die unserer regen Fantasie Nährstoff boten. So kam sie auch hin und wieder in einer einspännigen Pferdekutsche gefahren, ein prachtvolles Exemplar, das wir gern und oft staunend in Augenschein nahmen.

Doch sämtliche Faszinationen, wie einzigartig sie auch gewesen sein mögen, fanden Anfang Mai 1948 schlagartig ein verdammt bitteres Ende. Wir erhielten nämlich die Schreckensnachricht, dass sie und ihre Familienangehörigen ausgebürgert würden, da sie noch kurzerhand als mögliche Kollaborateure* eingestuft wurden. Das war uns vollkommen unbekannt. Nicht einmal die leiseste Ahnung hatten wir davon. Umso sprachloser nahmen wir diese Mitteilung auf, zumal wir schon glaubten, die gewaltsame Aussiedlung von „unerwünschten Personen" wäre abgeschlossen und

---

* Menschen, die mit einer Besatzungsmacht zusammenarbeiten.

niemand müsse sich mehr davor fürchten. Das erwies sich als fataler Irrtum, wie sich bereits zwei Tage später herausstellte, denn auch wir mussten nun unsere angestammte Heimat verlassen. Es gab keinerlei Pardon. Wir packten innerhalb von vierundzwanzig Stunden das Allernötigste der Habseligkeiten zusammen, um mit gebrochenen Herzen unwiderruflich Adieu zu sagen.

Wir fanden uns mit etwa eintausendfünfhundert anderen Bürgern, die als „Nachzügler" vom selben Unglück getroffen waren, mit unseren Gepäckstücken auf dem Dombovárer Güterbahnhof ein. Dort nahmen wir in den bereitgestellten Viehwaggons unser Notquartier. Das Ziel der Reise kannte freilich niemand, auch die eigens dafür Verantwortlichen nicht.
Soweit ich mich erinnere, wurden vom bewaffneten Aufsichtspersonal jeweils sechs Familien in ein „Wohn- und Schlafabteil" gepfercht, nachdem von uns angeblichen „Vaterlandsverrätern mit Kollektivschuld" einige Ballen Stroh, mehrere Milchkannen mit Trinkwasser und ein paar Eimer für die Notdurft hineingebracht wurden. Zuvor mussten wir die verdreckten Eisenbahnwagen von den Fäkalien der letzten Tiertransporte reinigen. Dann erhielten wir mehrere Laibe Brot als Zusatzverpflegung, denn etwas zum Speisen für unterwegs hatte ja jeder bei sich, allerdings nicht ahnend, dass die Fahrt beinahe sechs volle Tage dauern würde.
Die Waggons, auf jeder Seite mit zwei vergitterten Öffnungen für die Luftzirkulation versehen und trotz Säuberungsaktion immer noch übel stinkend, wurden von außen

fest verriegelt. Nachdem auch die Wachleute in einem normalen Wagen zur Personenbeförderung, der sich in der Mitte des Zuges befand, Platz genommen hatten, erfolgte das Signal zur Abfahrt. Sofort begann das Dampfross aus Vorkriegszeiten schrecklich laut zu wiehern, keuchen und schnauben, denn es hatte Schwerstarbeit zu leisten, sich mit seinen sechsundvierzig prall gefüllten Gliedmaßen in Bewegung zu setzen.

Seltsamerweise hatte sich niemand gegen die brutale Abschiebung gewehrt. Alle fügten sich nahezu widerstandslos ihrem ungewissen Schicksal. Endlich ging es für uns „heim ins Reich", das ja inzwischen bedingungslos unterworfen war. Dort gehörten wir schließlich hin, meinten die neuen Machthaber. Kurzum, man behandelte uns wie Aussätzige, die man schnellstens loswerden muss. Unsere Odyssee führte uns quer durch Osteuropa.

X

Anfänglich begegnete mir mein baldiger Weggefährte mit höchst lauterem Charakter, geprägt von beachtlicher Intelligenz, selbstbewusster Offenheit und uneigennütziger Hilfsbereitschaft, ein durchaus gefälliger Jüngling von elfeinhalb Jahren, der mir übrigens äußerlich stark ähnelte, als wäre er mein Doppelgänger oder Zwillingsbruder. Auch in der Körpergröße unterschieden wir uns damals nicht, waren vollkommen gleich.

Von ihm erhielt ich sogleich bestätigt, was ich bereits nach wenigen Minuten unserer Bekanntschaft vermutete, nämlich, wer seine Eltern waren, eben die hochverehrte Lehrerin sowie der ebenfalls geachtete Pastor. Das überraschte und erfreute mich gleichermaßen, erschienen mir doch alle drei selbst unter den erbärmlichen Bedingungen auffallend warmherzig.

Fortan verspürte ich eine starke Sympathie gegenüber dem sehr wissbegierigen klugen Burschen namens Abel Kager, der meine Zuneigung nicht minder freimütig erwiderte. Dabei kam uns sicherlich zugute, dass wir uns direkt nebeneinander platzieren konnten, was während der gesamten Fahrt beibehalten wurde.

Am frühen Morgen des dritten Tages, als wir wieder einmal stundenlang, diesmal irgendwo in der Nähe von Prag, auf einem Abstellgleis standen, bekam Abels Großvater plötzlich einen Kreislaufkollaps. Zum Glück konnte ihm seine Frau, eine ausgebildete Krankenschwester, mit Tropfen, die sie bei sich trug, noch rechtzeitig helfen. Ohne ihre Sachkenntnis wäre der Vorfall vermutlich anders verlaufen. Dennoch löste er im Handumdrehen eine panikartige Unruhe aus, zumal mehrere Insassen seit Längerem mit Brechreiz, Schwindelgefühlen und sonstigem Ungemach kämpften. Daraufhin klopfte der resolute Pfarrer solange beherzt an eine Seitenwand des Waggons, bis endlich jemand die Tür öffnete. Wir durften unter strenger Aufsicht die Kannen mit Wasser füllen und die Notdurfteimer leeren. Dann wurden wir erneut eingesperrt. Die meisten verfielen allmählich wieder in ihre vertraute Lethargie, der sie sich inzwischen anscheinend freiwillig hingaben.

Auf meinen Gesprächspartner und mich traf das indessen nicht zu. Wir redeten bald schon, wie von Beginn an, ohne Unterlass über Gott und die Welt, als fänden wir überhaupt kein Ende, unsere Kenntnisse und Auffassungen gegenseitig auszutauschen. Bisweilen verlief unsere Mitteilsamkeit derart heftig, dass uns Erwachsene aufforderten, leiser zu sein oder am besten die Dialoge ganz zu unterlassen. Dieser gewiss verständlichen Bitte vermochten wir freilich nicht nachzukommen. Also übten wir uns im Flüsterton, um möglichst keinen mehr zu belästigen.

Es wird gewiss niemanden verwundern, dass ich während der Gespräche in viel höherem Maße der Nehmende als der Gebende war und unentwegt Abels Worten lauschte. Er war mir, obwohl gleichaltrig, in vielerlei Hinsicht überlegen. Ich konnte ihm bestenfalls in Bezug auf Naturbeobachtung oder mit Verweis auf materielle Entbehrungen und deren mögliche Folgen das Wasser reichen beziehungsweise einiges davon übermitteln, was er allerdings mit gleicher Aufgeschlossenheit entgegennahm.

Ach, was hatte doch der junge Spund bereits auf dem Kasten! Er sprach über Bücher, von denen ich bis dahin nicht einmal wusste, dass es sie gibt, geschweige denn, ich hätte zumindest einige davon gelesen und wäre mit ihrem fesselnden Inhalt so vertraut wie er. Meine lieben Eltern, wie fürsorglich sie auch waren, konnten sich Derartiges unter keinen Umständen leisten. Sie hatten zu tun, uns einigermaßen satt zu bekommen.

Bei Abel kam hinzu, dass er in seiner Ortschaft eine Schule besuchte, die nicht nur beträchtlich größer war als unsere, sondern auch wesentlich moderner und der dort vermittelte Lehrstoff umfangreicher als auch differenzierter und tiefgründiger. Außerdem hatte er mehr Zeit zum Lernen. Er musste nicht zum Lebensunterhalt der Familie beitragen. Schließlich verfügten seine Eltern über einen hohen Bildungsstand, der ihrem Sprössling zugute kam.

Doch wie gern ich auch von seinem Wissensvorsprung profitierte, am vierten Tag schockte er mich mit einer unglaublich düsteren Prophezeiung, die ich bislang nicht aus meinem Bewusstsein drängen konnte. Er muss in der

Nacht zuvor einen besonders schauderhaften Albtraum gehabt haben, auf den er sich berief, als er mir am nächsten Morgen brühheiß mitteilte, was mich erschauern ließ.

Abel überraschte mich mit den denkwürdigen Worten, er werde mich fortan nicht mehr Karcsi*, sondern Kai nennen, weil er seinem Traum gemäß die Vorahnung habe, dass ich ihn eines Tages entsprechend der biblischen Legende töten werde, auch wenn ich nicht sein leiblicher Bruder wäre. Möglicherweise komme es auch umgekehrt. Aber es würde ganz bestimmt eintreten, selbst wenn bis dahin Jahrzehnte vergingen. Davon sei er felsenfest überzeugt, wie verwirrend seine Prognose für uns beide auch sein möge.

Na, das war vielleicht ein Schrecken! Er traf mich wie ein Blitz aus heiterem Himmel. Plötzlich fühlte ich mich in seiner Nähe mehr bedroht als geborgen. Abel brachte mich mit seiner makabren Weissagung völlig aus der Fassung. Ich war gefangen im Teufelskreis meiner eigenen quälenden Gedanken und konnte mir trotz aller Bemühungen lange keinen passenden Reim auf diese düstere Ahnung machen.

---

* Kosename für Károly.

XI

Doch unsere freundschaftliche Beziehung ward durch jenen Zwischenfall eher gefestigt als beschädigt. Und schon
kurz darauf fügte uns ein schreckliches Unglück für immer
wie Pech und Schwefel zusammen. Das war das Grauen-
vollste, was ich bis dahin erlebt hatte. Schlimmer traf es
freilich meinen Freund Abel, denn für ihn war es ein
Schicksalsschlag von ungeheuerem Ausmaß. Wir hatten als
Kinder einfach keine Chance, zu verhindern, was sich wie
folgt zutrug:

Am sechsten Tag fuhr der Zug gegen Abend am Bahnhof
Pirna ein. Wir mussten ungefähr eine Stunde in dem ver-
schlossenen Güterwaggon verharren, ehe sich die Schiebe-
türen öffneten und wir schroff aufgefordert wurden, die
Habseligkeiten zusammenzupacken und auszusteigen.
Wussten wir auch nicht, wie es mit uns weitergehen sollte,
empfand doch jeder diesen Befehl als willkommene Befrei-
ung, denn wir hatten schier unendliche Stunden in diesem
ekelhaften Gefängnis zugebracht.

Gemeinsam mit anderen Familien quartierte man uns im großen Saal eines Gasthauses ein, wo es auch halbwegs bekömmliche Verpflegung gab. Außerdem waren wir fortan keine Inhaftierten mehr. Es wurde uns sogar erlaubt, fast nach Belieben auszugehen und uns in der Stadt oder der näheren Umgebung umzuschauen, was wir oft und gerne nutzten.

Ungefähr nach einer Woche meinten mehrere Personen, Abels Vater könnte doch als erfahrener Pfarrer auch unter diesen außergewöhnlichen Bedingungen eine Messe zelebrieren, um möglichst allen wieder etwas Mut und Hoffnung zuzusprechen. Gewiss fänden sich sogar Messdiener unter den anwesenden Knaben, falls es erwünscht wäre.

Der Würdenträger kam dieser Bitte anstandslos nach und zeigte sich sofort geneigt, sie bereits am nächsten Tag zu erfüllen. Er bedauerte lediglich, dass er nicht selbst die Idee dazu gehabt hatte. Inhaltlich müsse er sich jedoch ein wenig darauf vorbereiten. Er nahm Papier und Stift und zog sich auf ein ruhiges Plätzchen im Hause zurück.

Das war am späten Nachmittag. Um ihn nicht zu stören, entschloss sich seine Frau, gemeinsam mit Abel und mir derweil am Elbufer spazieren zu gehen. Der Fluss war höchstens zehn Minuten von unserer Unterkunft entfernt. Nachdem wir nun so bummelten und uns an der Natur erfreuten und es auch weiter tun wollten, schlenderten uns drei Männer im Alter von zwanzig bis dreißig Jahren entgegen. Sie sahen ziemlich verwahrlost aus, erschienen ungepflegt und auch zerlumpt. Einer trug eine fast geleerte Schnapsflasche in der Hand, die er laut grölend umherschwenkte. Die beiden anderen hatten rauchende Zigaretten in ihren Mundwinkeln.

Nichts Böses ahnend, wurde uns doch langsam mulmig, als sie immer näher kamen, zumal weit und breit keine andere Menschenseele auszumachen war.

Kaum standen wir ihnen direkt gegenüber, packte der kleinere von ihnen mich jählings von hinten so fest mit seinen schmutzigen Pranken, dass ich nicht die Kraft fand, mich von ihm loszureißen. Das Gleiche widerfuhr unvermittelt Abel, während sich der Dritte auf seine Mutter stürzte, ihr die einzelnen Kleidungsstücke vom Leibe riss und sie auf der Stelle vergewaltigte. Nachdem er seine Begierde gestillt hatte, nahm er den völlig entsetzten und sprachlos dreinblickenden Jungen in seine Gewalt, damit auch der Zweite nun an der Frau zum Zuge kam. Im selben Moment gelang es mir, mich aus den Fängen des Einen zu befreien. Ich rannte wie von Sinnen, um Hilfe zu holen.

In panischer Angst erreichte ich den Priester, und wir stürmten zur Stelle des Verbrechens. Als wir mit rasenden Herzen und keuchend dort ankamen, war noch Schlimmeres geschehen. Die junge Frau lag regungslos am Boden. Sie war vom Letzten glattweg erwürgt worden, nachdem sie ihre Stimme wiedergefunden und markerschütternd losgeschrien hatte. Das entnahm ich jedenfalls den hysterischen Wortfetzen, welche sich die Vergewaltiger gegenseitig an den Kopf warfen.

Ich sah, wie der fassungslose Pastor bei seiner Angebeteten kniete. Tränen des Schmerzes liefen über sein Gesicht. Dann stürzte er sich wutentbrannt und zu allem entschlossen auf einen der Banditen. Kaum hatte er ihn am Kragen erwischt, zückte der ein langes Messer und erstach den Verzweifelten.

All diese grässlichen Horrorszenen musste Abel miterleben, ohne irgendetwas dagegen unternehmen zu können, selbst wenn er sich noch so tapfer die Seele aus dem Leibe gebrüllt hätte.

Ich weiß nicht, wie lange es dauerte, bis einige Männer und Frauen aus dem Lager bei uns eintrafen. Ebenso wenig habe ich mitbekommen, wie sie reagierten, als sie den Schauplatz der Tragödie entdeckten. Dagegen ist mir eines noch bestens in Erinnerung, und ich werde es bestimmt nicht vergessen: Abels diabolischer Blick, der mich regelrecht erstarren ließ, als er ihn jählings auf mich richtete. Nie zuvor habe ich in solch rätselhafte Augen gesehen! Sie wirkten wie Fackeln und fesselten mich unbarmherzig. Ihrem magischen Zwang konnte ich nicht ausweichen.

Vielleicht glaubte Abel damals, ich hätte ihn während seiner Notlage im Stich gelassen, und er müsse mich dafür bestrafen? War er von einer Art physikalischem Kraftfeld in Besitz genommen worden, das ihn mit dieser merkwürdigen Fähigkeit ausstattete? Es fiel kein einziges Wort zwischen uns. Selbst seinen Schmerz, der ja unsäglich sein musste, schrie Abel nicht heraus. Keine Silbe kam über seine Lippen, und doch hatte er mich in seiner Gewalt, über eine Entfernung von über zwei Metern. Es fehlte mir die nötige Energie, mich aus seinem wundersamen Blickkontakt zu lösen. Irgendetwas lähmte mich.

Ich habe nie darüber gesprochen, weder unmittelbar nach dem Ereignis noch später, wenngleich sich diese Begebenheit niemals aus meinem Bewusstsein drängen ließ. Erst jetzt, nachdem mehr als sechzig Jahre verflossen sind, kann ich darüber berichten. Und noch etwas brannte sich in meine Hirnzellen ein: Mir gegenüber stand schlagartig nicht mehr der Abel, nicht jener ausnehmend liebenswürdige Jüngling, den ich genau dreizehn Tage zuvor kennenlernte. Vielmehr befand ich mich in der Magie eines furchterregenden, unheildrohenden Halbwüchsigen, der offenbar selbst nicht wusste, was mit ihm geschah. Für einen Moment hatte ich das Empfinden, als hätte er sich abrupt in eine völlig andere Person verwandelt oder sogar flüchtig die Gestalt vom Leibhaftigen angenommen.

Mich erfasste eine schauderhafte Todesangst. Erst nachdem sich zwei warme Hände von hinten behutsam auf meine gebannten Augen legten, wich allmählich dieses Phänomen. Meine Mutter nahm mich fest in ihre Arme und bewahrte uns dadurch möglicherweise vor noch größerem Schaden.

Ob die drei Verbrecher jemals dingfest gemacht wurden und ihrer gerechten Strafe zugeführt werden konnten, weiß ich nicht. Aber das Drama, welches durch sie ausgelöst wurde, setzte sich bereits am nächsten Tag fort. Abels Großvater bekam einen schweren Herzinfarkt, dem er kurz darauf erlag. Er und die beiden getöteten Angehörigen wurden auf dem städtischen Friedhof zu Pirna feierlich beigesetzt. Die Großmutter, die uns bis dahin ausgesprochen resolut erschien, verfiel in kürzester Zeit dem Wahnsinn. Sie wurde in die Nervenheilanstalt nach Arnsdorf bei Dresden gebracht, wo sie fünf Monate später verstarb.

Lediglich ihr Nachkomme Abel, der während des verhängnisvollen Geschehens genau elfeinhalb Jahre alt war, überstand dem Anschein nach das Grauen relativ schnell und obendrein fast unbeschadet. Da er aber nun in Pirna plötzlich keine Familienangehörigen mehr besaß, entschlossen sich meine Eltern ohne viel Federlesens, den verwaisten Knaben unter ihre Obhut zu nehmen. Sie meinten, wo mehrere Kinder halbwegs satt werden, käme es auf eins zusätzlich auch nicht mehr an. Außerdem hatten sie den auffallend sympathischen Burschen längst in ihr Herz geschlossen. Den Ausschlag für ihre Entscheidung dürfte indessen nicht zuletzt das freundschaftliche Verhältnis zwischen Abel und mir gegeben haben, was ihnen natürlich nicht entgangen war. Also fand er in unserer Familie neue Geborgenheit.

Vielsagend bleibt sicherlich, dass Abel die überaus tragischen Ereignisse in Pirna für eine erstaunlich lange Zeit nicht aus der Laufbahn werfen konnten. Stattdessen sollte er noch mehr schlimme Schläge erleiden, bis sein Geduldsfaden endgültig riss und ehe sich bei ihm eine charakterliche Wandlung vollzog.

XII

Nach knapp vier Wochen Aufenthalt im Notquartier wurden sämtliche Aussiedler willkürlich aufgeteilt, um sie in alle Himmelsrichtungen zu verfrachten. Unsere um eine Person verstärkte Familie wurde ohne langes Brimborium sächsischen Behörden überantwortet. So kamen wir zunächst nach Meißen, wo uns für weitere vierzehn Tage das bereits vertraute Lagerleben blühte. Es war im einstigen „Alberthof". Von dort wurden wir mit einem Pferdefuhrwerk des Großbauern Hagedorn abgeholt und nach einer zwölf Kilometer langen Fahrt in einem Seitengebäude seines Gutes in der Nähe von Lommatzsch untergebracht.

Es wimmelte zwar vor Ungeziefer in den äußerst bescheidenen Gesindestuben, aber wir hatten endlich eine feste Bleibe. Unzählige Läuse versteckten sich tagsüber in den Ritzen der unverputzten Zimmerdecke und ließen sich nachts auf unsere nackten Körperstellen fallen, wo sie hin und her liefen, bis sie eine Stelle fanden, an der sie stechend und saugend ihren Durst nach frischem Blut stillen konnten. Wahrlich, ein ekliges Viehzeug! Allein wenn ich daran denke, schüttelt es mich jetzt noch vor Schauder.

Die Ratten wiederum kamen am Obstspalier an der Außenwand des Hauses bis zu uns in das erste Stockwerk hochgekrochen, damit sie ihren unersättlichen Appetit an den spärlichen Speisevorräten stillen konnten, die wir uns hin und wieder für ein paar Tage anzulegen vermochten.

Einmal versank ich während einer lauen, vom Mondschein erhellten Sommernacht auf meinem Ruhelager in einen friedlichen Schlaf. Mein Körper war nur von einem leichten Tuch bedeckt. Ich lag auf dem Rücken und schlief tief und fest. Eine plötzliche Berührung riss mich aus Morpheus' Armen. Hellwach blickte ich gefühlsmäßig auf meinen Unterleib und sah, wie sich eine große Ratte langsam kriechend in Richtung meines Gesichtes bewegte. Ich spürte jeden Schritt ihrer kurzen Beine. Gebannt schaute ich auf das Nagetier, dessen lautloses Heranschleichen mir wie eine Ewigkeit erschien. Ich war wie gelähmt, außerstande, mich auf irgendeine Weise zu rühren. Indessen kroch das Biest immer näher zu meinem Mund. Endlich löste sich meine Verkrampfung. Ich schleuderte die Decke hoch, worauf das Tier mit Karacho durch das offene Fenster flog. Dieser Vorfall blieb mir fest in der Erinnerung, vermutlich wegen meiner kurzzeitigen Versteinerung.

Im anderen Seitengebäude, direkt gegenüber unserer Behausung, wohnte übrigens eine Familie, die aus Schlesien stammte. Zu ihr gehörte Peter, ein echter Pfiffikus, wie sich rasch herausstellte. Schon bald waren wir mit ihm befreundet. Und das Bündnis sollte halten, bis ihn der Tod von uns nahm.

XIII

Zu jener Zeit, von September 1948 bis Juli 1951, durften Abel und ich über eine Grundschule, die sich im übernächsten Dorf befand, erfahren, wie man innerhalb von nur drei Jahren insgesamt acht Klassenstufen durchlaufen kann.

Am Tag des Schulbeginns befanden wir uns zum Auftakt regulär im sechsten Jahrgang. Der Klassenlehrer stellte uns nach seiner allgemeinen Begrüßung als Neuzugänge vor und forderte mich gleich auf, meinen Namen an die Tafel zu schreiben, indem er laut und deutlich sagte: „Károly heißt auf Deutsch Karl." Ich folgte seiner Aufforderung, spürte dem Klang meines aufgedrückten neuen Vornamens nach und schrieb prompt „Kharl". Damit bewirkte ich unwillkürlich ein herzhaftes Gelächter. Nachdem sich die Schüler wieder einigermaßen beruhigt hatten, meinte der Lehrer vorwurfsvoll: „Junge, du kannst ja nicht einmal deinen eigenen Namen richtig schreiben. Du gehörst zu den ABC-Schützen. Dort wird man dir wohl unser Alphabet gründlich beibringen müssen. Das gilt auch für Abel!"

Wahrscheinlich war er schon nach dieser Episode fest davon überzeugt, dass wir beide saudumm wären. Wir fanden uns also in der ersten Klasse wieder, wo wir erst recht wie direkt aus dem Urwald kommend empfangen wurden.

Unsere Eltern waren ob dieser Verfahrensweise entsetzt. Der Vater kümmerte sich um Korrektur, indem er persönlich beim Schulleiter vorsprach. Anschließend durften wir in das vierte und zwei Monate darauf ins sechste Schuljahr aufrücken. Endlich befanden wir uns unter gleichaltrigen Mädchen und Jungen, was uns besonders motivierte, fleißig zu lernen. Sodann schloss ich die Elementarbildung mit der Note „Gut" ab und Abel sogar mit „Ausgezeichnet".

Meinen Vornamen durfte ich übrigens behalten, nachdem eine zuständige Behörde die Geburtsurkunde sichtete und sich dafür entschied.

Ende Juni 1950 fand an unserer Schule das traditionelle Sportfest statt. Herrlicher Sonnenschein kündete von einer himmlischen Wohltat, wie ich mich noch bestens erinnere. Wir Kinder jauchzten und frohlockten auf dem Wege zum Platz der bevorstehenden Wettkämpfe, als gehörte uns die ganze Welt. Ich war voller Optimismus, weil mich körperliche Herausforderungen seit eh und je begeisterten.

Zudem verfügte ich über ein ziemlich kerniges Naturtalent. Jedenfalls siegte ich prompt in drei Disziplinen und wurde daraufhin während eines feierlichen Fahnenappells zum „Schulmeister" gekürt. Als Prämie erhielt ich gleich vier Bücher, für jede gewonnene Sportart eines, sowie einen besonders starken Wälzer als „Gesamtsieger". Selbstredend nahm ich den Schatz voller Ehrgefühl entgegen und machte mich auf den Heimweg, um die Eltern mit meiner guten Botschaft zu erfreuen.

Es war am frühen Nachmittag und unser Vater noch auf Arbeit. Mutter erwartete uns mit dem Essen, und ich präsentierte ihr strahlend meine Errungenschaft. Sie nahm jedes Buch einzeln und sehr behutsam in ihre Hände, prüfte gründlich deren Titel, blätterte ein wenig darin herum, bis sie schließlich mit unübersehbaren Sorgenfalten jedes Exemplar sachte auf den Küchentisch legte. Gleich darauf nahm sie mich in die Arme und hielt mich lange fest, als wollte sie mich für immer vor einer ungewissen Gefahr beschützen. Nach längerem Warten sagte sie mit auffallend leiser und bedrückter Stimme:

„Karcsi, ich fürchte, der Vater wird sich darüber nicht freuen." Dieser schicksalsschwere Satz hat sich unauslöschlich in meinem Bewusstsein eingebrannt. Doch es kam noch schlimmer. Nachdem Vater nach Hause gekommen war, wusch er sich und setzte sich zu uns in die Küche. Es dauerte nicht lange, bis Mutter sich entschloss, ihn auf meine sportlichen Leistungen zu verweisen.

„Na, großartig! Mein Glückwunsch, Karcsi!", war seine freudig überraschte Entgegnung. Dann reichte sie ihm vorsichtig eins der vier Bücher. Es war das Schmalste von allen. Schon ein kurzer Blick auf den Titel genügte ihm, um plötzlich wutentbrannt aufzustehen, es in mehrere Stücke zu reißen und in die Feuerstelle des Herdes zu werfen. Gleich darauf meinte der Vater schroff und laut: „Solch Teufelswerke dulde ich nicht in meiner Familie!" Auch die anderen drei Bücher nahm er in Augenschein, zerriss und verbrannte sie jedoch nicht, sondern befahl mir:

„Du nimmst diese Schwarten morgen wieder mit, gibst sie dem Schulleiter persönlich und sagst ihm, wir wollen mit solchem Dreckszeug nichts zu tun haben!" Dann fügte er belehrend und spürbar wehmütig hinzu: „Du sollst wissen, Karcsi, und auch du, Abel: Es waren die Kommunisten, die uns wie streunende Hunde aus unserer Heimat verjagt haben. Vergesst das niemals!" Mir schien, er konnte sich seiner bitteren Tränen nicht mehr erwehren, denn er verließ schleunigst den Raum. Er litt wohl doch mehr unter der Ausweisung, als er zugeben wollte.

Am nächsten Tag befolgte ich Vaters Anweisung. Ich nahm die drei verbliebenen Bücher und brachte sie frühmorgens unserem Schulleiter. Seine freundliche Sekretärin ließ mich anstandslos vor. Meine Aufregung konnte ich indessen nicht verbergen. Und bevor ich ihn überhaupt zu grüßen vermochte, empfing er mich, an seinem Schreibtisch sitzend, mit den ehrenden Worten: „Ach, unsere Sportskanone! Was treibt dich zu mir?", wobei er neugierig auf die Bücher schielte. Darauf stotterte ich verunsichert: „Mein Vater meint, diese Schriften von Lenin und Stalin wären nicht gut für mich."
„Bedauere, andere habe ich leider nicht", war seine Entgegnung. Er sah mir prüfend ins Gesicht, zeigte auf den Konferenztisch und schwieg, was ich als Aufforderung zum Ablegen der Bücher und zum Gehen deutete. Ich verabschiedete mich mit den Worten: „Danke und auf Wiedersehen, Herr Büttner!", worauf er seinen Standardgruß „Freundschaft!" erwiderte. Anschließend eilte ich erleichtert zum Russischunterricht.

XIV

Mein Vater hütete sich an und für sich streng davor, uns in irgendeiner Weise politisch zu beeinflussen. Bald nahm er uns behutsam zur Seite und sagte mit entgegenkommendem Gesichtsausdruck: „Ihr habt jetzt das Alter und die Erfahrung, selbst zu entscheiden, was für euch richtig ist. Ich will euch nicht mehr hineinreden. Falls ihr meine Hilfe braucht, stehe ich euch selbstverständlich jederzeit zur Verfügung. Aber bevormunden werde ich euch fortan nicht mehr. Ich hoffe, dass ihr einen edlen Pfad des Lebens wählt und es niemals bereut. Achtet streng darauf, euch unter keinen Umständen über andere zu erheben, denn Hochmut kommt vor dem Fall! In diesem Sinne wünsche ich euch alles Gute und Schöne für eure Zukunft!"

Dem Vater blieben wir für seine gütigen Worte dankbar verbunden und der Mutter sowieso, zumal wir deren unmittelbaren Einfluss bereits mit vierzehn Jahren entglitten, indem wir uns in Meißen gemeinsam ein möbliertes Zimmer nahmen, weil 1951 unsere Lehrausbildung begann. Es war unsere feste Absicht, so schnell wie irgend möglich eigenes Geld zu verdienen.

Wir machten uns gemeinsam auf die Suche nach geeigneten Lehrstellen in Meißen und wurden bald fündig. Dabei hatte Abel insofern Glück, als ihn das „Elektrohaus Weder" sofort aufnahm, um ihn als Monteur auszubilden. Ich erhielt die Chance, mich im hiesigen „Eltwerk" zum Betriebsschlosser zu qualifizieren, was durchaus meinen Neigungen entsprach. Gleichwohl war es damit nach gut drei Monaten wieder vorbei, weil die russische Kommandantur in die gegenüberliegende Villa auf der Brauhausstraße einzog und die Lehrwerkstatt geschlossen wurde.

Demnach stand ich kurz vor Weihnachten auf der Straße und musste mich erneut umsehen. Da bot sich beim Elektromeister Winterlich eine Möglichkeit, mich als Stift einzufügen. Wir vereinbarten, dass ich gleich Anfang Januar bei ihm antrete. Indessen waren ihm anscheinend die christlichen Feiertage nicht allzu bekömmlich, denn er brachte seine Frau um, die er hinterher im Keller unter den Kohlen verscharrte. Seine grausige Tat kam allerdings beizeiten ans Licht. Ihm war ein „Lebenslänglich" sicher und ich meine Stelle los. Doch war ich auch nicht gram darüber, dass ich mich nicht schon früher bei ihm verdingte. Womöglich hätte ich das Loch im Keller graben müssen.

In der Folge erbarmte sich der fürsorgliche Karl Weder meiner und nahm mich unter seine Fittiche, wodurch ich nach knapp dreijähriger Ausbildung ebenfalls Elektromonteur wurde. Natürlich waren Abels Noten wieder einmal eindeutig besser als meine, doch freuten wir uns beide über die Erfolge auch des anderen und wähnten uns als wirklich souverän zu den Erwachsenen gehörig. Darauf waren wir sehr stolz.

XV

Ein höchst mysteriöses Erlebnis überraschte mich an einem Wochentag im August 1954. Der Himmel zeigte sich leicht bewölkt, die Luft windstill, feuchtwarm und stickig. Mithin nicht gerade ein Wetter für Lobgesänge, eher ein Zeichen für drohendes Unheil. Trotzdem hatten Abel und ich uns fest vorgenommen, mit den Fahrrädern nach Kaisitz zu radeln, wohin unsere Eltern inzwischen gezogen waren. Ihr neues Domizil befand sich im ersten Stock vom rechten Wohn- und Wirtschaftsgebäude des Vierseitengutes der Familie Seifert, etwa zehn Kilometer von der Meißner Stadtgrenze entfernt.

Wir wollten unsere Lieben erfreuen, uns ihnen gegenüber dankbar erweisen. So kauften wir dem Vater eine Mundharmonika, denn sein altes Instrument war stark abgenutzt. Dazu besorgten wir ihm eine Flasche Rotwein, den er gerne trank, sich aber nur selten leisten konnte. Unsere Mutter wollten wir mit einer elektrischen Backform sowie einem hübschen Blumenstrauß und einer großen Packung Pralinen überraschen. Die taufrischen Facharbeiterzeugnisse sollten bei dieser Gelegenheit natürlich auch geschickt präsentiert werden. Also machten wir uns gegen siebzehn Uhr auf den Weg und waren auch bald am Ziel.

Doch kaum waren wir angekommen und vermochten noch nicht einmal die Eltern zu begrüßen, trafen wir unten auf dem Hof einen Mann, den wir in denkbar schlechter Erinnerung hatten. Er war gerade dabei, Rinderfäkalien in ein Güllenfass zu füllen, das auf einem Pferdewagen lag. Dazu benutzte er ein Schöpfgefäß aus Zinkblech mit einem sehr langen Stiel, was auf ein recht tiefes Sammelbecken schließen lies, welches sich unweit der Stallungen direkt neben einem riesigen Misthaufen befand. Die Jauche sollte vermutlich am nächsten Tag zum Düngen auf ein abgeerntetes Getreidefeld gefahren werden.

Als uns der Mann erblickte, muss er uns wohl sofort erkannt haben, denn für den ersten Moment erstarrte er. Offenbar fuhr ihm ein arger Schreck in die Glieder. Doch ebenso schnell überwand er sein Entsetzen und machte sich an die Arbeit, ohne uns weiter zu beachten. Seine erneute Beflissenheit sollte bei uns vielleicht den Eindruck erwecken, dass wir ihm völlig unbekannt wären. In Wirklichkeit wusste er ganz bestimmt, wer da so unerwartet aufgetaucht war und was er uns einst angetan hatte, obwohl inzwischen gut sechs Jahre verflossen waren.

Damals, im Sommer 1948, reiften die ersten Kirschen, denen wir Kinder nicht lange widerstehen konnten. Die vielen Bäume, welche die Straßen und Wege des Dorfes säumten, gehörten ausgerechnet jenem Bauern, bei dem wir wohnten. Der hatte aber einen scharfen Wachhund in Menschengestalt, dessen Strenge Abel und ich schon bald am eigenen Leibe erfahren sollten. Als uns der treue Wächter beim Mausen der herrlichen Früchte erwischt hatte, wir wollten tatsächlich nur unseren Appetit stillen, versetzte er uns Schläge von ungeheurer Brutalität. Doch zuvor beschimpfte und beleidigte er uns aufs Gröbste. Seine bösen Worte gellen mir noch heute in den Ohren. Als wir ihm direkt gegenüberstanden und vor lauter Angst regelrecht schlotterten, fuhr uns das Scheusal bissig an:

„Ha, ungarisches Zigeunerpack, habe ich euch beim Klauen erwischt! Ich werde euch beibringen, wie man bei uns in Deutschland mit solch einem Geschmeiß umgeht, ihr seid nur lästiges Ungeziefer!" Der Bluthund holte nicht einmal mehr Luft, und schon verpasste er mir eine derart kräftige Ohrfeige, dass ich prompt im hohen Bogen und der Länge lang auf einen Steinhaufen flog und dort liegen blieb. Dann packte er Abel und schlug mit einem seiner Holzpantoffeln solange auf ihn ein, bis er vor Schmerzen gekrümmt kaum noch atmen konnte und fast in Ohnmacht versank. Der Unmensch lief nun nicht einfach weg, sondern beobachtete uns, sodass ihm nicht entging, dass ich aus Abschürfungen an Armen und Beinen und insbesondere an den Händen blutete, auch aus dem Mund. Meine linke Wange war geschwollen und einige Backenzähne wackelten. Noch schlimmer hatte es Abel erwischt. Er lag reglos auf dem Schotter, mit dem Gesicht zur Erde.

Die makabre Situation wurde dem Schläger anscheinend doch zu mulmig. Er kam langsam zu mir, tastete mit prüfendem Blick meinen Körper ab und half mir schließlich beim Aufstehen. Meine Tränen flossen unaufhaltsam. Dann half er Abel mühsam auf die Beine und beide blickten sich gegenseitig unnachgiebig in die Augen. Was ich nun vernahm, dürfte wohl den meisten unglaubhaft erscheinen oder zumindest stark übertrieben vorkommen. Doch ich habe es selbst gesehen beziehungsweise gehört und es ist nichts als die reine Wahrheit!

Wie damals in Pirna sandte mein blutiger Freund ein Bündel von Lichtstrahlen aus, womit er sein Gegenüber offenbar stark schockierte, denn der hatte Mühe, sich von den strafenden Pupillen loszureißen, obwohl er um gut anderthalb Kopflängen größer war. Bevor der widerwärtige Halunke das Weite suchen konnte, musste er noch Abels drohende Prophezeiung über sich ergehen lassen:

„Das zahle ich dir heim, du Schuft! Verlass dich darauf! Ich kriege dich, selbst wenn Jahrzehnte vergehen! Dann aber gnade dir Gott!" Mein Freund konnte vor Schmerzen kaum aufrecht stehen und sprach dennoch erhobenen Hauptes solche Worte! Das machte mich fassungslos, und es beschämte mich. Aber zugleich war ich ungemein stolz darauf, einen derart mutigen Kameraden an meiner Seite zu haben.

Unsere Blessuren heilten im Laufe der nächsten Wochen, auch wenn das Monster besonders Abel grün und blau geschlagen hatte.

XVI

Es gibt nicht den geringsten Zweifel, dass der Jauchen-schöpfer uns sofort erkannte, obwohl wir inzwischen zu kräftigen Burschen herangewachsen waren, denn wir befanden uns kurz vor dem achtzehnten Geburtstag. Vielleicht erschrak ihn gerade unsere stattliche Erscheinung.

Auch wenn wir sofort wussten, um wen es sich bei ihm handelte, zeigten wir ihm nur eine verächtliche Mine und liefen wortlos an ihm vorbei zu unseren Eltern. Diese waren überglücklich, als sie uns erblickten. Auch die sonstigen Überraschungen verliefen geradezu perfekt. Wir hatten uns also nicht getäuscht und konnten ihnen eine große Freude bereiten, was auch uns sehr zu Herzen ging.

Wir unterhielten uns lebhaft über mancherlei Themen, doch über den Mann da unten sprachen wir nicht. Nach etwa einer halben Stunde musste ich zur Toilette. Sie befand sich am Ende eines langen Ganges. Als ich dort zum Fenster hinaussah, erblickte ich voller Erstaunen, wie mehrere Ratten auf einer Freileitung hin und her liefen. Sie tänzelten auf dem Spanndraht wie geschickte Zirkustiere. Das faszinierte mich, und es vergingen einige Minuten, bis ich wieder in die Wohnküche meiner Eltern zurückkehrte. Hier herrschte jedoch inzwischen eine recht eigenartige Stimmung. Dabei fiel mir auf, dass speziell Abel sich ungewohnt benahm. Er wirkte aufgewühlt und erschien mir über irgendetwas besorgt. Doch ich hakte nicht weiter nach und versuchte, neuen Gesprächsstoff einzubringen, um die unerquickliche Situation zu überbrücken. Kaum unterhielten wir uns abermals sehr angeregt, als wir von draußen Stimmen und sogar verzweifelte Schreie vernahmen. Wir traten ans Fenster und entdeckten ein Grüppchen von Leuten, die mühsam versuchten, einen toten Mann aus der Jauchengrube zu bergen. Alle waren davon überzeugt, dass er versehentlich hineingefallen oder ein Opfer von giftigen Dämpfen geworden war. Diese Version hält sich bis heute. Sie ist ja auch einleuchtend.

Nach diesem schauderhaften Erlebnis war ich zutiefst erschüttert, eine derart schreckliche Bestrafung hätte ich gewiss auch dem verhassten Schurken nicht gewünscht. Abel hingegen bewahrte fortan ein düsteres Geheimnis, er war sich sicher, dass er über eine beispiellose Waffe verfügte, die ihm eines Tages selbst zum Verhängnis gereichen könnte, falls er sie zufällig oder gar bewusst einsetzte.

Den Unglücksort habe ich später nochmals besichtigt und dabei mit spürbarem Behagen festgestellt, dass an gleicher Stelle auf dem Hof statt des einstigen Misthaufens und des Güllebeckens inzwischen verschiedene Pflanzungen gedeihen. Ein herrlicher Anblick, wenngleich für manche Zeitgenossen mit einer grässlichen Tragödie verbunden.

XVII

Wie so oft holten Abel und ich an einem wunderschönen Sonntagnachmittag mit heiterem Gemüt unsere Stahlrosse aus dem Keller, um gemeinsam eine Tour zu unternehmen. Das Wetter kündete allenthalben vom sichtlich betörenden Sommeranfang 1955. Wir wollten durch die Landschaft radeln und dabei den Zauber der Natur auf uns wirken lassen, denn wir empfanden große Freude beim Anblick von Wald und Flur, genossen die Weite der Felder ebenso wie den Geruch von Erde und nicht zuletzt das fröhliche Konzert der Vögel im blauen oder eben auch bewölkten Firmament.

Als wir mit unseren Rädern in Polenz, einem idyllischen Dörfchen unweit von Meißen, einfuhren, bemerkten wir zwei Grazien im Wipfel eines riesigen alten Kirschbaumes mit dunkelroten Früchten. Für uns pubertierenden Jünglinge ein überwältigender Anblick. Um nichts in der Welt hätten wir unsere Tour einfach fortgesetzt. Dafür waren die zwei Mädels viel zu attraktiv und auch bald zum Greifen nahe, denn selbstredend kletterten wir sogleich auf den Baum. Offenbar lauerte Amor just im selben Geäst, denn er feuerte seine schärfsten Pfeile jedem von uns mitten ins Herz. Sie trafen uns wie ein berauschender Freudentanz der Gefühle!

Wir hielten die beiden für Zwillingsschwestern. Sie sahen einander täuschend ähnlich. Tatsächlich waren es Freundinnen, die gut zwei Jahre später mit uns eine glückselige Doppelhochzeit feierten. Das beflügelte uns mehr denn je, durchweg optimistisch in die Zukunft zu blicken. Und wir sollten unser eheliches Bündnis nicht bereuen!

Obwohl Abel und ich aus sehr unterschiedlichen sozialen Verhältnissen stammen, empfanden wir dies niemals als störend oder gar konfliktbeladen. Freilich war es ein Zufall, dass wir uns überhaupt kennenlernten. Doch schließlich haben uns verschiedene Ereignisse, namentlich der grausige Vorfall in Pirna, für immer wie Pech und Schwefel vereint, eine Freundschaft begründet, die wir oft genossen.

Wir kamen zwar nicht freiwillig nach Deutschland, fanden hier jedoch bald eine neue, liebenswerte Heimat und auch gute Chancen, uns beruflich zu entwickeln.

Abels und meine Situation nach unserer Vermählung fügte sich beglückend, und es begann für uns ein neuer Lebensabschnitt, denn fortan richtete sich unser Hauptaugenmerk auf das Wohl der Familie, zumal sich bald Nachwuchs einstellte. So trennten sich zwar unsere Wege, jedoch nur im geringen Maße. Da Meißen unser Wohnsitz blieb, gab es keinen Grund, die bewährte Verbundenheit zu vernachlässigen. Wir besuchten und halfen uns in den folgenden Jahren gegenseitig und teilten Frohsinn und Kummer des anderen. Wir erfreuten uns einer tiefen, reifen Sympathie.

XVIII

Natürlich hat Abel seine Eigenheiten. Eine davon ist seine ausgeprägte Ordnungsliebe, ohne ein Pedant zu sein. Gefällig aufgeräumt mag er weitaus lieber als irgendein Chaos. Er kann es einfach nicht ausstehen, wenn in seinem näheren Umfeld der Liederjan herrscht. Damit vergeude man unnötig kostbare Zeit, lautet seine Begründung. Nicht minder achtet er stets auf Sauberkeit, insbesondere auf die eigene Körperhygiene.

Man würde ihn niemals mit langen Fingernägeln antreffen. Zum einen sehe es nicht gut aus, wirke eher hässlich als schön. Darüber hinaus dürfe man es auch keiner Frau zumuten, schon allein der Liebespiele wegen nicht.

Auch Pünktlichkeit wäre nicht nur eine Zier der Könige, ist sein fester Grundsatz, sondern stünde jedem gut zu Gesicht, denn es zeuge von gebührender Achtung der Mitmenschen und nicht zuletzt davon, dass man das eigene Zeitvolumen beherrscht.

Abel liest gern und oft, besucht gemeinsam mit seiner Frau häufig öffentliche Veranstaltungen. Kurzum, er lebt intensiv. Zwar interessiert ihn das Vergangene ebenso wie vergleichsweise künftig mögliche Prozesse, doch das jeweils Aktuelle war, ist und bleibt für sein Verhalten dominierend, gleichsam dem Motto: Nutze die Gunst jeder Stunde!

Seine außergewöhnliche Vitalität kommt nicht von ungefähr, ist weder ein Geschenk des Himmels, noch besonderen Erbanlagen zuzuschreiben, wenngleich sie dafür sicherlich bedeutsam sind. Er tut selbst viel für sein persönliches Wohlsein, und zwar mit einer Konsequenz, die unsereins in Staunen versetzt, wenn nicht gar argwöhnisch macht.

Abel hat niemals geraucht, treibt seit früher Jugend regelmäßig Sport, zudem täglich Morgengymnastik. Schach und Skat gehören auch zu seinen Hobbys. Sie würden das Denkvermögen schulen.

Er trinkt zwar gern, jedoch verhalten Alkohol, vorwiegend Wein, bewegt sich möglichst oft an frischer Luft.

Seine fürsorgliche Eheliebste und er achten unter anderem bewusst darauf, was sie an Speisen und Getränken zu sich nehmen. Insbesondere einheimisches Obst und Gemüse dürfen bei ihrer Beköstigung nicht fehlen.

Zugegeben, auch Abel hat sich im Laufe der Jahre viel mehr unnützen Plunder angeschafft oder schenken lassen, als er braucht. Indessen zeigt er genug Courage, sich gelegentlich vom überflüssigen Schnickschnack zu trennen, und zwar ohne Wehmut. Das macht ihn frei, weil er sich danach weniger in den Zwängen von Habsucht befindet. So wähnt er sich den Göttern näher, denn sie benötigen gar nichts, um glücklich zu sein.

Nebstdem schlägt Abel hin und wieder auch über die gewohnten Stränge, denn er feiert verhältnismäßig oft und nicht minder leidenschaftlich in seinem vertrauten Familien- und Freundeskreis. Da genießt er unübersehbar sein irdisches Dasein in vollen Zügen.

Abels Stammbaum ist hinsichtlich seiner direkten Nachkommen reichlich gesegnet, und das hält ihn laufend in Schwung. Doch dürfte es wohl vor allem seine ungemein faszinierende Frau Ulrike sein, die ihm Flügel verleiht, da er sie grenzenlos liebt, was sie ebenso erwidert. Ja, er ist bestimmt ein richtiger Glückspilz, ein Sonntagskind eben, wenn nicht sogar ein von Göttern auserwählter Schützling.

Manchmal fragt Abel sich und andere, worin denn überhaupt der tiefere Sinn oder Zweck unseres sowieso flüchtigen Aufenthaltes auf Erden besteht, wenn wir als „Kronen der Schöpfung" nicht unentwegt danach streben, den einmaligen Planeten und namentlich seine wundersamen Kinder ein wenig besser zu verlassen, als wir sie vorfinden.

Übersteigerte Erwartungen befallen ihn dabei nicht, denn er wähnt sich keinesfalls als Weltveränderer. Das seien besonders starke Persönlichkeiten, die gegen den Strom schwimmen. Er zähle nicht dazu. Gleichwohl sollten wir fortwährend die vage Hoffnung nähren, man könne bisweilen etwas dafür tun, jeder gemäß seiner persönlichen Sicht, Kraft und Möglichkeit, lautet sein Credo.

Abel lauscht gerne den Worten kluger, umsichtiger und insbesondere toleranter Köpfe. Dagegen sind ihm Fanatiker jeglicher Schattierung meist unangenehm, weil sie eine wesentliche Quelle für vielerlei Konflikte verkörpern. Allerdings sei einzuräumen, dass man den anderen letztlich nur verstehen kann, wenn man sich bereit zeigt, unvoreingenommen auf ihn zuzugehen, da Vorurteile oftmals mit Irrtümern behaftet sind.

Am wohlsten fühlt sich Abel als Vermittler zwischen den unterschiedlichen und mitunter gegensätzlichen Auffassungen, eben als Akteur möglichst sinnvoller Lösungen von Konflikten, denn jede Stunde des Friedens mit sich und der Welt wäre gewonnenes Leben.

Ideologisch positioniert sich mein Gefährte überwiegend links, niemals rechts, sympathisiert also eher mit den Roten als mit den Schwarzen oder gar Braunen. Das mag vielleicht angesichts der bereits erwähnten Auffassung des Vaters so manchen etwas verwundern, doch wir beide vertreten in der Tat, freilich mit gewissen Einschränkungen, seit unserer Jugend marxistisches Gedankengut, auch wenn von den Anbetern des Kapitals und Profitjägern beinahe alles verteufelt wird, was auch nur annähernd mit solchen Ideen zu tun haben könnte.

Obwohl Abel während seiner Kinderjahre und später im fortgeschrittenen Alter noch rund zwei Jahrzehnte lang selbst zu den Begüterten zählte, gehen ihm die teils unsäglichen Kümmernisse der Armen, Schwachen und anderweitig sozial Benachteiligten schon immer viel tiefer und anhaltender zu Herzen, als es irgendwelche Intrigenspiele, Allüren oder Marotten der Reichen und Mächtigen jemals bewirken. Deren wiederholt öffentlich zur Schau gestelltes Gehabe berührt ihn kaum. Es verursacht gelegentlich eher ein argwöhnisches Kopfschütteln oder gar Zornesfalten auf seiner Stirn als eine ungetrübte Hinwendung.

XIX

Je intensiver ich über einzelne Charaktereigenschaften meines Freundes nachdenke, um sie hier eigenmächtig preiszugeben, desto mehr beschäftigt mich die eine Frage: Was nur hatte Peter während seiner Abschiedsstunde durch seine Äußerung „Abel … Elbmonster" mir noch anvertrauen wollen? Das geht mir einfach nicht aus dem Sinn.

Deshalb soll nachstehend zumindest das Geheimnis um das fürchterliche Geschöpf gelüftet werden und der Leser die Geschichte vom nimmersatten und allesfressenden Ungeheuer erfahren, das sich angeblich seit Längerem in den Flussläufen des Elbstromes tummelt.

Aus einem Hamburger Forschungsinstitut entfloh auf unerklärliche Weise ein vierjähriges Monstrum. Es handelte sich um die von Experten bewusst vollzogene Kreuzung zweier Reptilien, die völlig unterschiedlichen Rassen angehörten, nämlich einer Schlange mit einem Krokodil. Beide zählten zu den Größten ihrer Art.

Dieses Tier entfleuchte aus seiner Gefangenschaft und kroch oder schlängelte anscheinend auf dem kürzesten

Wege zur Elbe, in deren Nähe sich die Forschungsstätte befindet. Erst am fünften Tag wurde es bei Cuxhaven gesichtet. Diese Nachricht beruhigte die Verantwortlichen insofern, als sie hofften, es werde sich ins offene Meer begeben und darin für immer verschwinden. Aber bereits drei Wochen später sah ein Liebespärchen während eines Schäferstündchens am Magdeburger Elbufer, wie ein gigantisches Wesen aus dem Wasser schoss, sein riesiges Maul aufriss, die grässlichen Zähne bleckte, furchterregend brüllte und danach ebenso rasant wieder abtauchte. Offenbar war die Missgeburt innerhalb kurzer Zeit ins Unermessliche gewachsen. Für die beiden Turteltäubchen muss es grauenvoll gewesen sein. Sie verließen in Todesangst ihren Kuschelplatz.

Daraufhin wurde eine Sonderkommission gebildet, um zu ergründen, was an der Schauergeschichte dran sei, zumal es keine weiteren Zeugen für das Geschehnis gab. Monate vergingen ohne nennenswertes Resultat. Dann wurde publik, dass unweit der Lutherstadt Wittenberg zwei Schafe spurlos abhandenkamen, die in einer Herde auf den saftigen Elbwiesen weideten, weshalb das Monster wieder die Schlagzeilen füllte. Und tatsächlich blieb nur fünf Tage später ein Pferd verschwunden, unweit von Riesa.

Während der Hochwasserkatastrophe Mitte August 2002, die allein in Sachsen 21 Menschenleben forderte, soll sich das Ungeheuer in Meißen ein nächstes Opfer geholt haben, und zwar direkt vom Fußgängerweg der Eisenbahnbrücke. Noch am selben Abend wurde infolge der sintflutartigen Wassermassen die Brücke für den Fußgängerverkehr gesperrt. Es war der 15. August. Drei Tage später hatte die Elbe ihren Scheitelpunkt erreicht. Er betrug 10,39 Meter.

Was nun an dieser seltsamen Geschichte wahr oder falsch ist, vermag ich nicht zu beurteilen, aber eines weiß ich mittlerweile genau, nämlich wer die beiden Männer waren, die seinerzeit über die Eisenbahnbrücke wandelten und die Tragödie hautnah miterlebten. Sie wussten über alles genauestens Bescheid und schwiegen lange. Es handelt sich um Abel und Peter, meine beiden engsten Freunde, über Jahrzehnte hinweg, bis Peter nach seinen merkwürdigen Worten verstarb und Abel trotz weltweiter Ermittlungen unauffindbar bleibt.

XX

Ungeheuerliches geschieht in meinen heimatlichen Gefilden. Mysteriöse Vorkommnisse erschüttern die ansonsten
weitgehend friedlich geprägte kleinstädtische Atmosphäre
am malerischen Elbstrom. Gleichsam, als ob ein Riese seine mächtigen Pranken würgend über die Siedlung erhebt,
wird ihren Bewohnern beinahe die Luft zum Atmen genommen, fügt sich ein dunkler Schleier des Grauens über
die verängstigten Menschen. Nichts ist mehr wie früher,
dazu die lähmende Ungewissheit, wann und wie das endet.
Vor nicht allzu langer Zeit konnte man sich noch ohne
Furcht und Argwohn am Liebreiz Meißens erfreuen, einem
Kleinod deutscher Geschichte und Kultur, einem altehr-
würdigen Städtchen mit bezauberndem Flair. Vom Klima
begünstigt, malerisch eingebettet in die wunderbare Landschaft des Elbtales, umrahmt von herrlichen Weinbergen
und bewaldeten Hügeln, ist diese Stadt eine wahre Perle
Sachsens, als dessen Wiege sie auch bezeichnet wird.
Doch seit einiger Zeit ist das heimische Wohlbefinden aus
den Fugen geraten, und es vergeht kein Tag, an dem nicht
voller Entsetzen und tiefer Sorge über die unerklärbaren

Geschehnisse gesprochen wird. Schon längst trauen sich Frauen und Kinder spätestens nach Einbruch der Dunkelheit nicht mehr allein auf die Straße. Dies wiederum ist eine wohl verständliche, aber dennoch seltsame Reaktion, da bisher keine einzige Frau von den verhängnisvollen Ereignissen unmittelbar betroffen war. Kinder ebenso wenig. Es sind ausschließlich Männer. Sie indessen von sehr unterschiedlicher sozialer und altersmäßiger Zuordnung. Und es geschah ausnahmslos bei Tageslicht sowie auf öffentlichen Plätzen.

Die Opfer sind nicht erschossen worden, weder erwürgt noch vergiftet, keinesfalls erhängt oder enthauptet. Es gibt keine Hinweise auf Fremdeinwirkungen. Dies bestätigen sämtliche Autopsieberichte. Sogar die Exhumierung und nachträgliche Obduktion der ersten Leichen aus der mysteriösen Serie erbrachte kein anderes Ergebnis. Ein vielleicht plötzlich auftretendes, noch unbekanntes Virus oder ein ähnliches Naturphänomen kommt ebenso wenig infrage.

Man kennt die tragischen Ergebnisse, jedoch weder deren Ursache noch den genauen Verlauf der schrecklichen Vorfälle. Selbst wenn es ein Monster in Menschengestalt sein sollte, wären die fähigsten Kriminalpsychologen außerstande, ein entsprechendes Persönlichkeitsprofil zu erstellen, weil noch beinahe alles im Dunkeln schwebt.

Der makabre Schauplatz bleibt ein fesselndes Geheimnis, eine Art Phantom, zumal uns das Szenarium nebulös und manchen Zeitgenossen sogar dämonisch begegnet. Schon jetzt von einem konkreten „Tatort" zu sprechen, wäre eindeutig verfrüht, da bisher nichts auf ein Tötungsverbrechen schließen lässt. Genetische Fingerabdrücke wurden nicht gefunden. Selbst wenn es bereits die seit Langem angestrebte, bundesweit oder gar international perfekt funktionierende Datenbank zur Verbrechensbekämpfung gäbe, wäre das für die hiesigen Experten vollkommen nutzlos, weil sie dafür einfach keine geeigneten Ansatzpunkte haben. Woher auch, wenn vom möglichen Täter keinerlei biologische Merkmale hinterlassen wurden oder zumindest nicht aufzufinden sind?

Anfänglich nahm man die seltsamen Vorkommnisse von verantwortlicher Seite nicht sonderlich ernst, denn sie wurden ziemlich schnell als Suizid beziehungsweise Missgeschick mit Todesfolge eingestuft. Einem solch fatalen Irrtum unterlagen die Experten konkret während der Zeitspanne vom August bis November 2000. Erst nach dem vierten Sterbefall wurde eine Sonderkommission aus Experten verschiedener Fachrichtungen unter strenger Führung eines resoluten Ermittlungsrichters gegründet. Sogar internationale Koryphäen zog man hinzu, um ihre speziellen Kenntnisse und Erfahrungen zu nutzen. Alle Nachforschungen laufen unter der Obhut der Staatsanwaltschaft, wie es dem hiesigen Gesetz entspricht.

Um die äußerst vertrackte Situation tunlichst bald zu beherrschen, werden landesweit vielerlei Kräfte aktiviert, darunter auch einschlägige Medien. So rief zum Beispiel der Mitteldeutsche Rundfunk in seinem sonntäglichen Fernsehprogramm „Kripo live" die Bevölkerung derweil schon zweimal zur intensiven Mitarbeit auf. Doch fruchtbringend waren diese und andere Versuche bisher nicht.

Innerhalb der rätselhaften Todesserie waren die zeitlichen Abstände zwischen den einzelnen Begebenheiten sehr unterschiedlich. Während vom 16. August bis zum 15. November 2000, jeweils ein Mittwoch, die ersten vier tragischen Vorfälle noch fast periodisch erfolgten, quasi pro Monat einer, gab es hinterher klare Abweichungen, obwohl sich sieben von den nunmehr dreizehn Ereignissen schon bis zum Ende Januar 2001 zutrugen. Im selben Jahr war kein weiteres Opfer zu beklagen. Indes wurden gleich nach Beginn des Jahres 2002 wieder dicht hintereinander zwei solcher Begebenheiten registriert. Einige Monate später sorgte das vermeintliche Elbmonster während der verheerenden Hochwasserkatastrophe für sensationelles Aufsehen, indem es scheinbar einen Mann mit Haut und Haaren verschlang. Dann folgte eine relativ lange Pause, konkret bis zum 19. Mai 2004, als ein weiteres Mal ein Mann auf mysteriöse Weise prompt an diesem Mittwoch starb.

Es zogen insgesamt sechs Lenze dahin, bevor Anfang Juni 2010 das unheimliche Schreckgespenst nochmals zuschlug. Nun waren bereits zwölf Opfer zu beklagen, ausschließlich Männer.

Die Ursache für ihr Dahinscheiden blieb aber weitgehend im Dunkeln verborgen. Lediglich ein paar selbst ernannte Zeugen ließen ihrer Fantasie freien Lauf, so schien es jedenfalls, denn sie hätten während des Tatherganges oder kurz danach irgendwelche kleinere, nicht näher bestimmbare Objekte beobachtet, die umherkreiselten und seltsame Geräusche verursachten. Laut Aussagen müssten diese in Form und Farbe stets verschieden gewesen sein.

Allenfalls waren es doch böse Geister, die kamen, um ihr blutiges Handwerk zu verrichten und anschließend wieder flugs davonschwirrten. Wer weiß schon, was sich dabei wirklich abspielte. Die Unerklärbarkeit gewisser Sachverhalte gebiert mitunter die waghalsigsten Ideen. Doch wehe den Leichtgläubigen, die sie ungeprüft als bare Münze aufnehmen und sich ebenso arglos zu eigen machen!

XXI

Endlich verzeichnet die Untersuchungskommission den ersten Lichtblick ihrer aufwendigen Bemühungen. Nach abermaliger Analyse der Recherchen kommt sie zu der Erkenntnis, dass allen mysteriösen Todesfällen etwas Gemeinsames innewohnt, nämlich folgender Sachverhalt:

Die Betroffenen waren unmittelbar vor ihrem Exitus vollkommen außerstande, ihre Aktivität auf irgendeine Weise zu steuern. Sowohl ihre fünf Sinne wie auch der Verstand gerieten ihnen total außer Kontrolle. In der Zeit des verzweifelten Abschiedskampfes wurde ihr Verhalten einem fremden Einfluss ausgesetzt, der unweigerlich ihr physisches Ende bewirkte. Sie hatten anscheinend nicht die geringste Chance, ihrem grausamen Schicksal zu entfliehen.

Damit ist ein wichtiger Ansatz für das weitere Vorgehen gefunden. Bei einigen Fachleuten erhärtet sich mittlerweile der Verdacht, dass es sich durchaus um so etwas wie Ritualmorde handeln könnte. Um ihre Vermutung möglichst bestätigt zu sehen, wollen sie vor allem herausfinden, wer dazu fähig wäre, wie und warum er oder sie es getan hat.

Es sind die klassischen W-Fragen. Zu deren Klärung bündeln sie ihre Kräfte.

Im Gegensatz zu ihnen und allen anderen, die sich intensiv um des Rätsels Lösung bemühen, ist eine Person von Anfang an bestens im Bilde. Es handelt sich um einen Mann in fortgeschrittenem Alter mit enormer Lebenserfahrung. Er ist körperlich vital und verfügt über einen klaren Kopf, geprägt durch einen äußerst wachen Geist. Argusäugig verfolgt er die einschlägigen Aktionen. Nichts Wesentliches entgeht seinem scharfen Intellekt.
Nennen wir ihn der einfachen Verständigung wegen zunächst schlicht „Anonymus"! Allein er vermag eine vollständige, detailgetreue Aufklärung der bisher unerklärlichen Geschehnisse zu geben. Dafür müsste er sich freilich offenbaren. Indessen hüllt sich der dubiose Mann nach wie vor in eisiges Schweigen. Erst beim dreizehnten Vorfall gleicher Prägung wird es für ihn äußerst problematisch.

XXII

Mein Freund Abel ist den Meißnern durchaus als namhafter Wohltäter innig vertraut. Die überwiegende Mehrheit fühlt sich mit ihm wärmstens verbunden und verehrt ihn. Immerhin spendete er der Stadt schon mehrfach hohe Summen, darunter jüngst zur Finanzierung seines speziellen Wunschprojekts. Nachdrücklich forderte er von den Verantwortlichen, das Geld dürfe nur zweckgebunden für die Gründung sowie den Unterhalt eines gemeinnützigen Vereins verwendet werden. Dieser müsse sich zielstrebig der Freizeitgestaltung für Kinder und Jugendliche widmen und darüber hinaus eine vertrauenswürdige Anlaufstelle für Ausländer bieten. Er selbst werde die strikte Umsetzung des Vorhabens fortlaufend streng kontrollieren. Dabei vergisst er nicht zu erwähnen, dass er „sein Meißen" und dessen Umfeld geradezu abgöttisch liebt, obwohl er gar nicht hier geboren wurde.

Obgleich solche und ähnliche Unternehmungen eine wunderbare Bereicherung der Stadt sind, gilt doch die größere Zuwendung unseres edlen Spenders einem anderen Gebiet. Seine inzwischen bundesweit bekannten Verdienste liegen hauptsächlich auf sozialem Feld. Er ist grundlegend an der „Meißner Tafel" beteiligt, eine dienliche Einrichtung, wo bedürftige Menschen nicht nur zur Weihnachtszeit die notwendigen Dinge zum täglichen Brot kostenfrei abholen können, sondern selbstverständlich das ganze Jahr über. Tüchtige und zugleich uneigennützige Betreuer stehen ihnen auch als Gesprächspartner zur Verfügung, sofern sie es denn wünschen.

Hier begegnet man nirgendwo einem Ausgestoßenen, der seinen ohnehin kargen Lebensunterhalt womöglich auf der Straße erbetteln muss und zudem vielleicht nicht einmal eine würdige Bleibe findet, wo er sich aufwärmen und bei Müdigkeit zur Ruhe begeben kann. Not leidenden Menschen zu helfen, hat der freigebige Gönner längst zum bestimmenden Motto seines Handelns gemacht. Das Schicksal der Armen, Schwachen und Kranken ist ihm niemals gleichgültig gewesen. Mittlerweile kann er in seinem Heimatort auf mehrere entsprechende Projekte verweisen. Über Landesgrenzen hinausgehende finanzielle Hilfen sind ihm ebenso selbstverständlich.

Doch woher kommt das viele Geld, das unser Förderer so großzügig ausgibt? In materieller Hinsicht konnte er von seinen Eltern absolut nichts erben, denn sie gerieten unversehens selbst in die bitterste Armut und verließen kurz darauf unfreiwillig das irdische Gefilde. Dagegen waren sie glücklicherweise mit Herzensbildung reichlich gesegnet, und das hatte sich charakterformend auf ihren Sohn übertragen. Weitere Verwandte oder sonstig nahe Stehende vermittelten ihm ebenfalls keinerlei finanzielle Hinterlassenschaften. Einen nennenswerten Lottogewinn konnte er bisher nicht verbuchen. Dunkle Machenschaften irgendwelcher Art, um Geld zu erlangen, sind ihm wesensfremd.

Wegen seiner beispielgebenden Handlungsweise will ihn eine wundersame Gruppe, die ihn abgöttisch verehrt, schon während seiner Erdentage ein bleibendes Denkmal setzten. Doch er verwahrt sich strikt und bislang auch erfolgreich dagegen. Wer weiß, wofür dies noch gut sein wird. Vermutlich würden ihn dieselben Leute schnell wieder vom Sockel stoßen, auf den sie ihn zuvor respektvoll gehoben haben, sollten sie erfahren, dass just in diesem Manne noch eine zweite, gänzlich anders wirkende Gestalt verborgen ist, falls es denn überhaupt stimmt, dass er mit einem zwiespältigen Charakter, quasi janusgesichtig durch heimische Gefilde wandelt.

XXIII

Abel betont bei mancherlei passender Gelegenheit und sehr nachdrücklich, wie dankbar wir doch sein sollten, auf einem derart gottbegnadeten Stückchen Erde leben zu dürfen. Dies macht er besonders gern im vertrauten Freundeskreis. Das geografische Milieu sei uns überaus wohlgesinnt. Alle müssten es doch anhaltend wahrnehmen und darüber sehr glücklich sein, sofern sie nicht völlig abgestumpft oder blind durch den Tag wandelten.

Allein während seines letzten öffentlichen Auftretens, das er Anfang Februar 2001 anlässlich seiner Auszeichnung als Ehrenbürger Meißens im hiesigen Stadttheater hatte, wo ich ganz vorn platziert wurde, verwies er die Anwesenden auf die für uns kaum vorstellbare frostige Kälte in Sibirien, die schon viele Opfer gefordert hätte, insbesondere in der Mongolei. Das machte er derart anschaulich, dass manchem ein Schauer über den Rücken lief, denn plötzlich hatte jeder eine Vorstellung vom mitleidlosen Weißen Tod, einem grauenvollen Sterben in eiskalten Fesseln.

Ferner malte er ein erschütterndes Bild über die verheerenden Erdbeben auf lateinamerikanischem und südostasiatischem Boden, zuletzt in Indien. Was darüber hinaus die immer wiederkehrenden gewaltigen Wirbelstürme für die betroffenen Menschen bedeuten, könne unsereins ohnehin nur in dunklen Umrissen erahnen.

Er verdeutlichte die furchtbaren Kriegs- und Dürrefolgen, die in einigen Regionen Afrikas allgegenwärtig wären und zwangsläufig mit Krankheiten und Hungersnöten einhergingen. Wer sich gedanklich einigermaßen in derartige Situationen hineinversetzen könne, dem müssten doch die hiesigen Verhältnisse geradezu paradiesisch vorkommen.

Andererseits dürfe aber nicht geleugnet werden, dass menschliches Leid stets konkret ist und wir genau das am heftigsten empfinden, welches uns unmittelbar widerfährt. In Meißen seien es eben die mysteriösen Todesfälle. Da bislang keiner die Ursache dafür kenne, wir nicht einmal eine leise Ahnung davon hätten, wie und wann des Rätsels Lösung erfolge, sollte man tunlichst jede Spekulation darüber vermeiden.

Was jetzt geschah, traf mich wie ins Mark. Mir war, als hätte ich niemals zuvor eine solch grausame Erschütterung an Leib und Seele erfahren, zumal jenes ähnliche Ereignis vom Mai 1948 längst verblasst schien. Mein Körper bebte, dennoch saß ich wie gebannt, weil ich meinen Blick trotz größter Anstrengung einfach nicht mehr von den Augen des Redners abwenden konnte. Sie fesselten mich erbarmungslos durch ihre gebündelten Lichtstrahlen und wirkten regelrecht betäubend, irgendwie hypnotisch und beängstigend. Ich war wie gelähmt. Kalter Schweiß quoll mir aus sämtlichen Poren, wohl nicht zuletzt auch deshalb, weil ich glaubte, dass eine völlig andere Person vor mir stand, zumindest was sein Antlitz und speziell die Augen betraf. Es blieb ein unfassbares Rätsel, was da mit mir geschah und von niemandem sonst außer mir wahrgenommen wurde. Jedenfalls war es garantiert nicht Abel, der während des schleierhaften Vorfalls am Rednerpult stand!

Unser Wortkünstler hielt kurz inne, holte tief Atem und zog die Anwesenden erneut in seinen Bann. Dann sprach er gefasst weiter und meinte:

Der gewaltsame Eingriff des Menschen in die Natur sei zwar oftmals nötig und sinnvoll, nicht selten kehre er sich jedoch ins Gegenteil und schade ihm sowie den nachfolgenden Generationen. Wir hätten unsere liebe Mutter Erde nicht schlechthin von den Vorfahren geerbt, sondern von unseren Enkeln geliehen, wie es eine indianische Weisheit verkünde. Demnach müssten wir sie stets als lebensnotwendige Partnerin achten und nicht als reines Gegenüber wahrnehmen. Einzig das wäre eine tragfähige Grundlage für eine lebenswerte Zukunft und sollte unsere Handlungsweise bestimmen. Dies wiederum dürfe sich aber keineswegs nur auf die äußere Natur beziehen, sondern wenigstens gleichermaßen auf gesellschaftliche Prozesse. Gerade in jüngster Zeit sei namentlich in unserem Vaterland eine besorgniserregende Verrohung der Sitten zu beobachten. Auch das begründete er anschaulich und plausibel, denn er fand rasch hinreichend Beweise dafür.

In diesem Zusammenhang äußerte er einen ungewöhnlichen Gedanken, nämlich in Deutschland eine politische Organisation zu gründen, die er „Partei des Ausgleichs"

(PdA) nennen würde. Sie dürfte weder rechts noch links und schon gar nicht radikal orientiert sein, sondern sich vornehmlich für die Entfaltung von Humanität einsetzen. Als deren Mitglieder sollten nur Personen infrage kommen, die sich absolut freiwillig und nicht wegen irgendwelcher Aussichten auf lukrative Posten einfänden, demzufolge auch im hohen Maße uneigennützig wären. Sie müssten ihre soziale Wirksamkeit in erster Linie darauf konzentrieren, fügt Abel hinzu, all jene Kräfte zu bündeln, die bereit und in der Lage sind, sich für die tatsächlichen Belange des Volkes einzusetzen, wodurch sie sich zugleich dem eigentlichen Fortschritt verschrieben.

„Bei so viel Glanz und Herrlichkeit in unserer einzigartigen Stadt müsste es doch auch zu schaffen sein, dass eigens von ihr ein Impuls ausgeht, der die verkrusteten Strukturen in und zwischen den verschiedenen Parteien Deutschlands aufbricht. Also gründen wir eine geeignete Organisation!", ruft er mutig in den Saal und fügt ebenso anstachelnd hinzu: „Lasst uns doch das Himmelreich schon auf Erden errichten, wie es bereits einer unserer größten Schriftsteller und Publizisten im neunzehnten Jahrhundert forderte!"

Des Redners beinahe unglaublicher Enthusiasmus faszinierte die Anwesenden derart, dass sie sich allesamt spontan von ihren Plätzen erhoben, um ihn mit einem tosenden Beifall zu überschütten. Seine Ausführungen, die er gewohnheitsgemäß frei sprechend vortrug, wirkten durchweg aufrichtig, und überaus freundlicher Zwischenapplaus war dafür der verdiente Lohn. Keiner der Anwesenden hatte auch nur im Entferntesten den Eindruck, etwa einem Moralapostel oder Phrasendrescher ausgeliefert zu sein, denn sie achteten ihn schon seit Jahren wegen seiner Taten.

Bis dahin hatte niemand den geringsten Grund, an der Aufrichtigkeit seiner Worte zu zweifeln, auch ich nicht. Als er jedoch auf seinen nächsten Plan zu sprechen kam und mich dabei erneut für einen Augenblick forschend ansah, befiel mich wiederum ein starkes Unbehagen, aus dem sich ein seltsamer Verdacht, eine dunkle Ahnung entwickelte.
Beim neuen Projekt handelte es sich um ein Stück Brachland am Rande des Meißner Fürstenberges, das eine beträchtliche Fläche umfasst, doch als Baugrund bisher abgelehnt wurde. Der Redner habe nun das gesamte Land preisgünstig erworben und strebe eine sinnvolle Nutzung an. Dazu forderte er die Meißner Bevölkerung auf, entsprechende Vorschläge einzubringen. Es sei seine feste Absicht, das Vorhaben nach dessen Fertigstellung entweder der Stadt oder einem gemeinnützigen Verein als Schenkung zu übertragen. Für seine Darlegungen erhielt er tosenden Beifall, wobei sich die Anwesenden wieder ehrfürchtig von ihren Sitzen erhoben.

Doch schon beim ersten Vernehmen des Wortes „Fürstenberg" wurde ich hellhörig und stellte sofort eine Gedankenverbindung zu einem absonderlichen Ritual her, das Abel seit vielen Jahren genau auf jenem Gelände vollführt. Was sich dort wöchentlich abspielt, wird uns gewiss noch in Erstaunen versetzen!

Das war der eine Auslöser meiner vagen Vermutung, und der nächste folgte gleich darauf. Es ergab sich nämlich, dass wir während der dreißigminütigen Pause im Foyer des Musentempels einen kleinen Imbiss zu uns nahmen und dabei sicher rein zufällig in unmittelbarer Nachbarschaft an zwei winzigen, runden Tischen standen. Hiervon wurde kurzfristig eigens für den Zweck der schnellen leiblichen Versorgung eine große Zahl aufgestellt, weil die zehn Vierertische im Café dafür natürlich nicht reichten. Und hilfsbereite Mädchen tänzelten in adretter Kleidung mit reichlich beladenen Tabletts flott umher, denn anschließend war noch ein Kulturprogramm im Festsaal vorgesehen.

Der eben gekürte Ehrenbürger Kager befand sich in direkter Gesellschaft mit den zu jener Zeit höchsten Repräsentanten unserer Region, dem Oberbürgermeister Dr. Thomas Pohlack und der Landrätin Renate Koch.

Das Ehepaar, mit dem ich am Minitisch stand und meinen Snack verzehrte, wozu auch für jeden Gast ein Gläschen Sekt gereicht wurde, bemühte sich höflich, mich in eine Unterhaltung einzubeziehen. Doch spürte es sofort, dass ich mich nur beiläufig daran beteiligte, und es zeigte sich zunehmend verhalten. Mich hingegen bewegte die beängstigende Frage, was im Innersten meines langjährigen Freundes wirklich vorgeht. Daher versuchte ich, ihn möglichst unauffällig zu beobachten, was mir aber nur bedingt gelang, denn ich war immer noch beträchtlich aufgewühlt und deshalb kaum dazu fähig, meine Gedanken einigermaßen zu ordnen.

Zunächst unterhielt sich der misstrauisch Belauerte anscheinend noch recht locker mit seinen Gesprächspartnern, die ihr Glas auch auf sein persönliches Wohlergehen erhoben. Als er jedoch seinen Blick unvermittelt zu mir wandte, bemerkte ich eine fast abrupte Veränderung in seinem Antlitz. Bereits nach wenigen Sekunden schien seine Miene vollkommen regungslos zu sein, als habe sie urplötzlich eine Starre erfasst. Dazu verfärbte sich sein Gesicht derart grau, dass sich mir der bildhafte Vergleich aufdrängte, es wäre soeben aus Beton gegossen worden, der sich sofort verfestigte. Auch der Strahlenkranz in seinen Augenwinkeln, welcher mir sonst als Ausdruck von Heiterkeit und fröhlichen Lachfältchen hinlänglich vertraut war, wirkte auf einmal ungewohnt versteinert.

Wahrscheinlich löste dieser Moment des schier unbegreiflichen Geschehens in uns beiden eine abgrundtiefe Betroffenheit aus, denn wir ahnten voneinander etwas wahnsinnig Schreckliches, das uns künftig gleichsam ein Leben zwischen fürchterlichem Bangen und zaghaftem Hoffen bescheren würde.

XXIV

Als am Mittwoch, dem 19. Mai 2004, abermals ein To-
desengel erschien und das elfte Opfer forderte – wobei es
sich wie bei den vorausgegangenen Ereignissen um eine
männliche Person handelt, und es wiederum am helllichten
Tage geschah, dazu in einer Gegend, die von Einheimischen und Touristen besonders stark besucht wird – wurde
die Arbeitsgruppe der Kriminalpolizei um zehn Beamte
aufgestockt und die Prämie für entscheidende Hinweise
aus der Bevölkerung auf fünfzehntausend Euro erhöht.
Der Turm unserer Frauenkirche ist ein beliebter Aussichts-
punkt, denn von da aus haben die Besucher einen hinreißenden Blick über die Altstadt und auf das Elbtal, darüber
hinaus eine beeindruckende Rundumsicht. Von dessen
oberer Plattform nun stürzte sich der „Selbstmörder" diesmal kopfüber auf das Pflaster am Rande des Altmarktes.
Das war für die vorübereilenden Passanten gewiss eine ab-
scheuliche Szene.
Es ist schon ziemlich merkwürdig, dass der Zufall mich ak-
kurat zur selben Zeit dorthin führte und ich somit zu eben
diesen Neugierigen gehörte. Uns bot sich ein Schauplatz

des Grauens: Der Körper des Toten lag vollkommen entstellt da, und das Blut quoll aus seinem zerschmetterten Kopf. Wer so etwas einmal erlebt hat, kann die Erinnerung daran niemals mehr vergessen. Zum Glück war mir der Verstorbene unbekannt. Das vermochte ich freilich nicht unmittelbar von seinem verstümmelten Gesicht abzulesen. Aber schon am nächsten Morgen wurde es mir über unsere Tagespresse eindeutig bestätigt.

In Anbetracht der Tatsache, dass der zweite geheimnisvolle Todesfall von derselben Stelle und in nahezu identischer Art erfolgte, wurde sofort veranlasst, Überwachungskameras zu installieren, um vielleicht einen verdächtigen Vorgang zu erfassen, was einem aufsehenerregenden Durchbruch gleichkäme. Das betrifft aber nicht nur die Frauenkirche und ihre nähere Umgebung, sondern auch andere sakrale und weltliche Bauten, bei denen die Möglichkeit besteht, dass sie als Ausgangspunkt für weitere tragische Vorkommnisse dienen könnten. Von der bisherigen Todesserie waren immerhin sieben Fälle dergestalt abgelaufen, dass sich die Opfer aus so großer Höhe stürzten, wonach sie keinerlei Überlebenschancen mehr hatten. Einer von ihnen war allerdings während eines bitterkalten Tages von der Alststadtbrücke gesprungen und im eiskalten Wasser der Elbe umgekommen. Deshalb bestückte man auch die drei Überquerungen des Flusses mit ferngesteuerten Überwachungskameras.

Die Liste der dreizehn mysteriösen „Selbsttötungen" erfasste also nunmehr folgende Tathergänge:

1. Am Mittwoch, dem 16. August 2000, stürzte ein junger Mann vom berüchtigten Boseler „Todesfelsen", der sich am Rande unserer idyllischen Porzellanmetropole befindet, kopfüber in den Abgrund. Nach drei Tagen entdeckte man ihn. Er war erst achtzehn Jahre alt. Da es öfter vorkommt, dass sich an jenem Ort Suizide ereignen, wirkte die Begebenheit kaum überraschend, keineswegs spektakulär.

2. Einen Monat später flog ein Bursche durch das Fenster seiner Behausung von der obersten Etage eines fünfstöckigen Wohnhauses im „Fellbacher Viertel". Er zählte knapp siebzehn Lenze und war sofort tot. Bald darauf hieß es, man habe ihn mehrfach gemeinsam mit dem vorherigen „Selbstmörder" in der Stadt gesehen. Einige sprachen sogar vom überwiegend asozialen Verhalten der beiden Jugendlichen.

3. Gerade vier Wochen waren vergangen, und wiederum setzte ein Meißner seinem Leben ein grausiges Ende, indem er vom Aussichtsturm unserer Frauenkirche heruntersprang. Es handelte sich um einen weithin bekannten und ebenso verruchten Bauunternehmer.

4. Am 15. November 2000, erneut ein Mittwoch, war bereits das nächste Opfer zu beklagen. Ein Bäckermeister, dessen Verkaufsprodukte seinen Kunden durchaus mundeten, machte einen kräftigen Satz von der Schlossbrücke hinab auf das Kopfsteinpflaster vom Hohlweg.

5. Bald darauf kam ein Anwalt unversehens zu Fall und landete direkt vor einem brausenden Zug. Sonach ward ein skrupelloser Winkeladvokat, wie man ihn oft

bezeichnete, nicht nur seines Amtes enthoben, sondern auch des irdischen Daseins beraubt.

6. Anfang Januar 2001 endete die Lebensreise eines allseits bekannten Herrn, nachdem er von der Altstadtbrücke in das teils zu Eis gefrorene Elbwasser sprang. Damit war auch seine Tätigkeit als anerkannter Gymnasiallehrer passé.

7. Ein vorgeblich selbstloser Immobilienmakler mittleren Alters geriet plötzlich ins Jenseits, als er während einer Hausbesichtigung mit einem scheinbaren Interessenten auf dem Balkon seine Balance verlor, übers Geländer kippte und in einer tiefen Baugrube aufprallte.

8. Ein Mann, von Beruf Versicherungsagent, ertrank am helllichten Tage im eigenen Gartenteich in einer Wassertiefe von hundertzwanzig Zentimetern. Er war weder alkoholisiert noch einem Kreislaufkollaps erlegen.

9. Die nächste Beute, ein Wirtschaftsberater, lief in einen rollenden Lastkraftwagen, worauf er seinen Verletzungen auf der Stelle erlag. Den Fahrer traf nicht die geringste Schuld.

10. Ein weiterer Fall ist uns schon halbwegs vertraut, als nämlich das vermeintliche Elbmonster während der Hochwasserkatastrophe im August 2002 einen Mann vom Fußgängerweg der Eisenbahnbrücke riss. Es handelte sich um einen zwielichtigen Politiker.

11. Im Wonnemonat 2004 sprang ein mutmaßlicher „Selbstmörder" vom Aussichtsturm unserer Frauenkirche, und es trauerten nicht nur die Stammgäste des beliebten Kneipenwirtes über seinen rätselhaften Tod.

12. Den vorletzten Anwärter erwischte im Juni 2010 ein Omnibus, und er glitt ebenso wie die anderen unerwartet ins Nirwana. Die Witwe wusste von Anbeginn, dass ihr Charmeur geradezu triebhaft in die Rolle des Don Juan schlüpfte und ihr niemals ganz treu sein würde. Dennoch gewährte sie ihm über viele Jahre eine sichere Bleibe im Ehehafen. Damit ist es nun endgültig vorbei, wie heiß und verzweifelt ihre unzähligen Tränen auch sein mögen, die sie seit dem rätselhaften Abgang ihres vertrauten Schwerenöters weinte.

13. Schließlich flog am Mittwoch vor Christi Himmelfahrt 2011 ein Finanzbeamter ebenfalls vom Turm der Frauenkirche. Genau diese Szene wurde erstmals und dazu von zwei Überwachungskameras durchgängig festgehalten. Ein wahrhaft sensationelles Ereignis!

Das sind fraglos allesamt furchtbar schlimme Vorkommnisse. Im Übrigen bin ich mir sicher, nahezu sämtliche Bürger Meißens wären glücklicher und hätten weniger Sorgen, wenn davon kein einziger Fall eingetreten wäre. Aber dem ist leider nicht so.

Der vage Verdacht, dass Abel etwas mit den unerklärlichen Vorgängen zu tun haben könnte, flog sofort über Bord, als ich selbst Augenzeuge eines Opfers wurde. Damit verband sich für mich nicht nur der unmittelbare Anblick eines grauenvollen Todes, sondern meine plötzliche Überzeugung, dass ich offenbar einem Irrtum erlag, indem ich meinem Bruderherz misstraut hatte.

XXV

Weil die bereits installierten Überwachungskameras nur bestimmte Teile ihrer Umgebung ins Visier nehmen konnten, entschloss man sich, die betreffenden Orte mit weiteren Geräten zu bestücken. Zudem wurde eine totale Nachrichtensperre über die laufenden Ermittlungsarbeiten verhängt, um diese nicht zu gefährden. So lautet zumindest die offizielle Begründung durch den Polizeisprecher. Ob das etwas bringt, bleibt abzuwarten.

Außerdem lässt sich ein recht aufschlussreicher Nebeneffekt beobachten, welcher erst durch die geheimnisumwobene Situation ausgelöst worden ist:

Die Kirchen verzeichnen gegenwärtig einen Zustrom, wie sie ihn seit Langem nicht mehr hatten. Schon während der üblichen Messen sind sie berstend voll. Dazu kommen spezielle Veranstaltungen seelsorgerischer Art. Einen solchen Zuspruch gab es vor den tragischen Ereignissen bestenfalls sonntags oder zu besonderen Anlässen.

Die allgemeine Furcht vor dem unerklärbaren Mysterium fügt nicht nur traditionelle Christen enger zusammen, sondern auch eine Vielzahl höchst verängstigter Menschen ohne religiösen Glauben. Sie haben plötzlich eine unbändige Sehnsucht nach Worten des Trostes und der Hoffnung sowie nach stärkerer Gemeinsamkeit mit Gleichgesinnten oder ähnlich Betroffenen. Und sie spüren, dass eine Stunde wärmender Solidarität viel wertvoller sein kann als beispielsweise sämtliche Fernsehprogramme einer ganzen Woche zusammengenommen.

Abel sitzt zur Stunde in Gedanken versunken am Schreibtisch, der in seinem kleinen, beinahe spartanisch ausgestatteten Arbeitszimmer in der Nähe des Fensters aufgestellt ist. Diese „Tüftlerecke", wie er sie oftmals bezeichnete, ist sein Lieblingsplatz innerhalb der Wohnung von sechzig Quadratmetern. Dort schafft er seit der Wende 1989/90 die Grundlagen für das außergewöhnlich viele Geld, das er nach Erhalt dem Gemeinwohl überlässt, wenigstens einen beträchtlichen Teil davon. Er sei ein „typischer Skorpion", der das einmal gesteckte Ziel unbedingt erreichen müsse, koste es, was es wolle. So charakterisierte ihn jedenfalls seine Frau Ulrike manchmal etwas beklommen. Er nahm das gelassen und meist lächelnd zur Kenntnis, obgleich die Sterndeutungen der Astrologen für ihn niemals ein begehrenswertes Anliegen waren.

XXVI

Kurz nach der vorerst letzten Tragödie stellte sich überraschend heraus, dass es sich dabei doch um einen Selbstmord handelte. Das ging eindeutig aus einem umfangreichen Abschiedsbrief hervor, den der betreffende Mann vorsichtshalber in seiner Wohnung hinterlassen hatte. Außerdem wurde die grauenvolle Szene von einer älteren Dame beobachtet. Sie stand zufälligerweise oder vielleicht auch gewohnheitsbedingt genau an dem Fenster ihrer Mansarde, welches eine ungestörte Sicht auf das gesamte Objekt der Frauenkirche ermöglicht. Ihr trautes Heim befindet sich in einem Eckgebäude, das über mehrere Geschäfts- und Wohnräume verfügt. Es handelt sich um das architektonisch imposante „Hirsch-Haus", ein markantes Neorenaissance-Objekt mit prachtvoller Sandsteinfassade. Dieser Bau steht schräg gegenüber auf der anderen Seite des Marktplatzes.

Unsere wachsame Seniorin konnte entsetzt beobachten, wie der Todeskandidat vom Aussichtsturm über die Metallbrüstung sprang, halbwegs stehend auf dem Spitzdach landete, sodann einige Meter balancierte und schließlich kopfüber hinabstürzte. Sein ohnehin wuchtiger Leib fiel direkt auf das Kopfsteinpflaster, und er ersparte sich somit die 193 Stufen hinunter.

Ungeachtet ihrer hochgradigen Nervosität eilte die Rentnerin sofort zum Telefon, um die Polizei über ihre grausige Beobachtung brühheiß zu informieren. Mag ihre Fantasie angesichts der Ungeheuerlichkeit ihres Erlebnisses etwas beflügelt worden sein, womöglich noch gestärkt durch die berauschende Höhenluft im obersten Stockwerk ihres Domizils, so wird ihre taufrische Schilderung im Wesentlichen doch den Tatsachen entsprochen haben.

Andere Zeugen meldeten sich nicht. Gleichwohl hatten die Ermittler diesmal leichtes Spiel, den Vorfall zügig aufzuklären. Da er jedoch in mehreren Einzelheiten seines Ablaufs fast haargenau mit den zwölf vorangegangenen übereinstimmte, die bisher nicht enträtselt werden konnten, war man schnell geneigt, ihm vorerst dieselbe Wertigkeit zu verleihen. Als der Bevölkerung offiziell mitgeteilt wurde, dass es sich unmissverständlich um eine Selbsttötung handle, war die allgemeine Überraschung perfekt.

Indessen zog man von verantwortlicher Seite erneut in Erwägung, ob die seltsamen Vorkommnisse nicht doch als Suizid beziehungsweise Missgeschick mit Todesfolge einzustufen wären. Ihrem jeweiligen Erscheinungsbild nach käme man zwangsläufig zu einem solchen Urteil.

Diese Einschätzung durch die Sachverständigen war nicht unbedingt merkwürdig, wenn man berücksichtigt, dass in unserem gelobten Vaterland alljährlich annähernd zehntausend Personen durch Freitod aus dem Leben scheiden. –

XXVII

Ende der fünfziger Jahre hieß es in der DDR: „Arbeiterkinder zum Studium!" So gelang es dem Kaderleiter der Schuhfabrik in unserer Heimatstadt, von den über sechshundert Beschäftigten zwei junge Leute davon zu überzeugen, dass es auch für sie das Richtige wäre. Einer davon war der Betriebselektriker Abel Kager, der sich für den künftigen Lehrerberuf werben ließ. Dabei interessierte ihn besonders die Fachkombination Deutsch und Geschichte. Weil er noch kein Abitur hatte, konnte er am Pädagogischen Institut in Dresden einen Vorkurs mit zwei Semestern belegen und anschließend ein vierjähriges Direktstudium absolvieren.

Es folgten Jahre leidenschaftlicher Lehrtätigkeit an verschiedenen Einrichtungen. Zuletzt unterrichtete er Philosophie an der hiesigen Ingenieurschule für Kraft- und Arbeitsmaschinenbau. Die Qualifikation dafür erwarb er an den Universitäten Halle, Leipzig und Dresden. Hier erlangte er die Doktorwürde nach erfolgreicher Forschung zum Thema „Ingenieurkreativität".

Bei seinen Schülern und Studenten und auch im jeweiligen Kollegium war Abel ausnehmend beliebt, wohl nicht zuletzt deshalb, weil er sich stets tolerant gegenüber anderen Auffassungen zeigte, solange sie nicht ehrlos oder inhuman waren. Dabei stellte er oft und gern heraus, dass man sich in seiner Geisteshaltung insbesondere vor dogmatischer Enge hüten müsse, denn es wäre der ideale Nährboden für Intoleranz und Fanatismus jeglicher Art.

Diese weltanschauliche Position missfiel allerdings manch blinden Eiferern, erst recht, wenn sie das Sagen hatten. So dürfte es kaum jemanden wundern, wenn bei Weitem nicht alle Beulen, die Abels Kampfhelm trägt, vom „Klassenfeind" stammen. Eigentlich gar keine!

Schon bald nach der Wende wurde die Fachschule, an welcher er viele Jahre wirkte, abgewickelt. Also widerfuhr ihm, was mit unzähligen arbeitswilligen Zeitgenossen ebenso geschah. Er wurde plötzlich erwerbslos.

Da er trotz vielfachen Bemühens keine neue Anstellung fand, widmete er sich als nunmehr „freier Bürger" dem Verfassen von Artikeln und Schriften in mancherlei Richtung. Seine diesbezüglichen finanziellen Erfolge waren und sind geradezu überwältigend, allerdings vorwiegend im Ausland und unter einem streng gehüteten Pseudonym.

Ich darf verraten, dass er ein politisch engagierter Autor ist und gewiss auch bleibt, solange ihm das Schicksal die Gunst des Schreibens gewährt. Es gehört zu seinem Credo, die eigene Lebens- und Welterfahrung in ihrer ganzen Komplexität aufzuzeigen, weil er meint, dass viele Leser durchaus den ehrbaren Anspruch haben, argumentativ überzeugt zu werden. Die Wirkung seiner Publikationen gibt ihm recht, bestätigt seine Auffassung auch durch üppig sprudelnde Einnahmen.

Schon bald nach der Wende ging es ihm anscheinend wieder richtig gut. Er hatte seine helle Freude daran, einen Großteil der Finanzen für Projekte auszugeben, die er sich von Herzen wünschte und mit denen er auch andere Menschen glücklich machte.

Abels Zufriedenheit war indessen aufs Neue hauptsächlich seiner Frau Ulrike zu verdanken, was ihm durchaus bewusst war. Ihre Liebe, Stärke und Hilfe schätzte er sehr, denn als mein Intimus betonte Abel mir gegenüber wiederholt, dass er offenbar zu den Auserwählten gehöre, denen das private Glück überaus hold sei. Und mit stolzem Verweis auf sein „edles Weibchen", wie er sich gelegentlich achtungsvoll und dankbar ausdrückte, vernahm ich einige Male und stets äußerst beeindruckt den zauberhaft schönen Satz von ihm: „Wenn es jemals das Göttliche personifiziert auf Erden gibt, dann in Gestalt einer geliebten Frau."

XXVIII

Abel Kager sitzt wie so oft am vertrauten Platz seines kleinen Arbeitszimmers und sinniert über Gott und die Welt,
da ihm zum eigentlichen Thema, mit dem er sich gerade
schreibend beschäftigt, nichts Gescheites mehr einfällt. Es
ist spät am Nachmittag, und ihn erfasst allmählich die Er-
müdung, gegen die er vergeblich ankämpft. Also braucht er
dringend eine Abwechslung, die ihm frische Energie verleiht. Was liegt näher, als dass er seine Augen auf die ver-
wilderte Brache vor seinem Fenster richtet, um ihrem Zauber zu erliegen, wie er es inzwischen bereits mehrere Hun-
dert Male erlebt hatte?
Kaum schaut er sehnsüchtig hinüber, erscheint ihm seine
faszinierende Traumgestalt Freyja, die ihn sofort gefangen
nimmt, denn ihren diabolischen Reizen vermag er nicht zu
widerstehen. Schon ertönt ihr Lockruf:
„Komm doch und zögere nicht! Es wird dir behagen und
gleichermaßen wohltun, wie es dir immer nützlich war. Be-
eile dich!"
Inzwischen fast wieder hellwach, erhebt er sich mit zunehmend heißem Verlangen rasch von seinem Drehstuhl, has-

tet zum Wandschrank, um nach dem Rucksack zu greifen, in dem sich seine Utensilien befinden. Kurz darauf rennt er die Treppen hinunter.

Abel Kager erreicht die Brache, auf welcher sich seine auserwählte Göttin der Liebe und Schönheit, die fesselnde Freyja, vor seinen leuchtenden Augen in ihre urwüchsige Form verwandelt, nachdem sie ihn gehörig bezirzt und in den Sinnesrausch versetzt hat. Das Wesen, Abels Fantasiegeschöpf, löst sich heimlich, still und leise in Brodem auf, aus dem es augenscheinlich hervorgetreten war. Zusehends verblassen die betörenden Konturen holder Weiblichkeit und vereinen sich mit Gottes freier Natur.

Derweil begeistern die Gegebenheiten unseren rätselhaften Freund ebenso heftig wie sein persönliches Ritual, dem er seit mehr als zwei Jahrzehnten inbrünstig frönt. Niemand und nichts vermögen ihn davon abzuhalten, seine Gepflogenheit zu bewahren, weil sie ihm den nötigen Ausgleich zwischen Körper, Geist und Seele vermittelt und zu seinem Wohlbefinden beiträgt.

Im Nu findet er einen geeigneten Platz für einen Teil seiner Hilfsmittel, legt sie nieder und läuft noch ungefähr fünfzig Meter weiter, um dort den Rest der Utensilien aus seinem ledernen Schulterbeutel zu nehmen. Das sind drei ausziehbare, dünne Stäbe aus Leichtmetall und einige Luftballons, mehr nicht. Nachdem er diese bis zur Kopfgröße eines erwachsenen Menschen aufgepustet und zugeschnürt hat, befestigt er sie in entsprechender Höhe an den Stangen, die er im Abstand von etwa hundertachtzig Zentimetern in den Boden sticht. Anschließend geht er flotten

Schrittes zu seinem Ausgangspunkt zurück. Dort befinden sich genau zwölf Gegenstände, die er allesamt eigenständig angefertigt hat. Sobald einer beschädigt wird, sorgt Abel unverzüglich für Erneuerung. Er mag keine defekten Sachen und auch sonst keine Halbheiten.

Sein Vater, der Kaplan, hatte die Auffassung vertreten, dass jeder Mensch einen gewissen Ritus brauche, an den er sich stereotyp halten könne, feste Grundsätze, die zeitlebens konsequent praktiziert werden sollten. So schule man die Selbstdisziplin und einen starken Willen, der unerlässlich sei, um seine Ziele zu erreichen. –

Die zwölf Gegenstände sind nichts anderes als Bumerange, jene knie- oder sichelförmig gekrümmten Wurfhölzer, die einst den australischen Ureinwohnern als Jagdwaffen dienten. Eine Sonderform des Gerätes ist die „Kehrtwiederkeule", welche zum Werfer zurückschwirrt. Sie fliegt aber nur dann in beabsichtigter Weise, wenn Bauart und Wurftechnik genau aufeinander abgestimmt sind. Die spezielle Beschaffenheit des Bumerangs sorgt dafür, dass das Holz sich während des Fluges permanent zur Seite neigt. Beim Rechtshänder ist es die linke, beim Linkshänder die rechte Flanke. Erst dieser Drift ermöglicht die Kreisform, die das Gerät vollziehen kann und im Idealfall beim Werfer endet, sofern es flach und in einer bestimmten Neigung abgeworfen wird.
Natürlich muss der Akteur geschickt mit ihm umgehen können, damit es die gewünschte Bahn zieht. Das erfordert viel Übung. Daran mangelt es Abel nun wahrlich nicht, zu-

mal er sich diesem Hobby seit eh und je mit großer Leidenschaft widmet. Inzwischen sind es mehr als zwanzig Jahre, in denen er beinahe wöchentlich trainiert. So hat er mit der Zeit eine Perfektion erreicht, die einem Außenstehenden vermutlich als völlig schleierhaft erscheinen muss. Mehr noch: Falls es in dieser Disziplin bei uns so etwas wie Meisterschaften gäbe, würde er ganz bestimmt einen vorderen Platz belegen.

Abel nimmt ein Wurfholz und schleudert es so in Richtung der Luftballons, dass es genau zwischen ihnen durchfliegt und zu seinem Ausgangspunkt zurückkehrt, wo es von ihm aufgefangen wird. Es wechselt blitzschnell in dessen andere Hand und zieht erneut seine kreisförmige Bahn. Das passiert insgesamt elf Mal hintereinander mit jedem Bumerang.

Doch bisweilen unterbricht Abel abrupt den Handlungsablauf und legt eine Pause ein, welche er ebenfalls recht merkwürdig nutzt. Entweder er springt wie ein junges Reh oder er schleicht wie eine gefährliche Raubkatze durch die Gegend. Mitunter tänzelt er auch, als hielte er ein Geschöpf von weiblicher Anmut in seinen Armen. Dabei gerät er des Öfteren sogar in einen Sinnesrausch. Vielleicht erscheint dann vor seinem geistigen Auge die von ihm zum Idealbild erkorene Liebesgöttin Freyja, deren entwaffnende Schönheit ihn fasziniert und für Momente alles Irdische vergessen lässt.

Abel weiß nicht, dass wir ihn beobachten, zumal sich während der vielen Jahre hinweg nur fünf Personen in das

Areal verirrten. Dann raffte er sofort seine Utensilien zusammen und machte sich eilends davon. Insofern war ich bisher tatsächlich der Einzige, der überhaupt jemals an seinem wundersamen Kult teilnehmen durfte. Doch musste ich ihm schwören, unbedingt Stillschweigen zu bewahren. Das Gelübde einzuhalten, fiel mir nicht schwer. Etwas verblüfft war ich allerdings, als er dieselbe Forderung unmittelbar nach dem Tod seiner Frau erneuerte und noch kategorischer darauf bestand, ich solle unter keinen Umständen sein Hobby preisgeben. –

Er beendet soeben die vierte Wurfpause und geht hurtig ein paar Schritte bis zum Ausgangspunkt, wo seine Bumerange liegen. Diese wirken beinahe winzig, dürften wohl zu den kleinsten ihrer Art zählen. Obgleich schon jeder über spezifische Erkennungsmerkmale verfügt, versah er sie zusätzlich mit unterschiedlichen Farben. Auch das hat eine Bewandtnis.
Inzwischen wirft er mit jedem seiner zwölf Geräte genau elfmal und steckt sie zufrieden in den lädierten Rucksack. Er schließt die Augen, greift wieder hinein, entnimmt blindlings drei und legt sie erneut neben sich auf den Boden. Nun öffnet er die Augen, erfasst den ersten Bumerang mit seiner rechten Hand, streckt den Arm weit nach hinten und holt Schwung, um das Wurfholz nach dem mittleren Luftkopf zu schleudern. Den trifft er exakt, und zwar so stark, dass er augenblicklich in lauter kleine Fetzen zerplatzt.
Gleiches wiederholt sich ebenso mit den beiden anderen Ballons. Danach ergreift Abel erneut seinen Ledertornister,

eilt zu den Metallstäben, sucht kurz nach den drei Bume-
rangen, packt die Utensilien zusammen, verneigt sich in
alle Himmelsrichtungen, dankt zum Abschied ehrfürchtig
seiner Göttin Freyja und geht flotten Schrittes nach Hause.
Er fühlt sich nach dem Zeremoniell rundum topfit, und er
ist es auch.

XXIX

Am 19. Mai 2004 begibt sich Abel gegen siebzehn Uhr ins Zentrum unserer Stadt, zur Frauenkirche, um dort eine Galerie in Augenschein zu nehmen. Tags danach ruft er mich schon am frühen Morgen an: Ich wisse ja, dass er seit Längerem an einer umfangreichen Romantrilogie arbeite und darüber hinaus auch noch zwei wissenschaftliche Abhandlungen zu bewältigen habe. Dafür fände er in seiner jetzigen Behausung einfach nicht die nötige Muße. Also wolle er auf unbestimmte Zeit verschwinden, zumal auch die lang ersehnte Studienreise durch mehrere afrikanische Länder auf seinem Programm stünde. Eine Nachbarin kümmere sich um seine Wohnung und die Post. Ich brauchte mir keinerlei Sorgen zu machen, und er werde sich bald wieder bei mir melden. Abel wünschte mir sowie meiner Familie noch alles erdenklich Gute und beendete abrupt unser Gespräch, das eher einem Monolog glich, denn ich hatte kaum eine Chance, ihm auch nur eine Frage zu stellen.

Die Zeit flog dahin. Sommer, Herbst, Winter und Frühling zogen von dannen, allein unser rätselhafter Freund meldete sich nicht. Trotz mannigfachen Bemühens konnte ich ihn nirgends aufspüren, als wäre er vom Erdboden verschlungen worden. Während der nächsten fünf Jahre blieb Abel verschollen. Indessen war auch kein weiterer Todesfall zu beklagen, der zur Serie gezählt werden müsste. Dieser ereignete sich erst Anfang Juni 2011.

Knapp vier Wochen zuvor erhielt ich einen Brief von Abel, in dem er mir mitteilte, dass er inzwischen sein Vorhaben abgeschlossen und das Ergebnis erfolgreich publiziert habe. Nunmehr gebe es wieder ausreichend Moneten. Außerdem erfuhr ich, dass er sich während der gesamten Zeit in der Nähe von Palma de Mallorca aufhalten und dort weitgehend ungestört arbeiten konnte.
Jetzt habe er den Entschluss gefasst, nach Meißen zurückzukehren, um bereits geplante Projekte zügig umzusetzen. Die finanzielle Grundlage wäre ja nun vorhanden. Er freue sich außerordentlich darauf, heimatlichen Boden zu betreten und die vertraute Atmosphäre zu genießen.
Das war vielleicht eine Überraschung! Da ich Abels Pseudonyme kannte, stöberte ich im Internet, um herauszufinden, ob es denn stimmt, was er mir schrieb. Und siehe da, ich wurde fündig! Nichts von alledem, was er mir übermittelte, war geflunkert. Demzufolge würde er sicher auch binnen Kurzem vor meiner Tür stehen, um sich zurückzumelden. Genau so kam es auch. –

XXX

Während ich bereits vor Jahren meine goldene Hochzeit feiern durfte, war es Abel leider nicht vergönnt.

Im Frühjahr 2000 ergab es sich, dass Abels Frau Ulrike als leidenschaftliche Hobbygärtnerin den Wunsch hegte, sich in der Parzelle des Schrebervereins zu betätigen. Da Abel noch eine Kleinigkeit erledigen musste, fuhr er sie mit dem Auto zum Parkplatz ihrer etwa vier Kilometer entfernten Oase und setzte sie dort ab. Er wollte so schnell wie möglich nachkommen. Als er sich ungefähr eine halbe Stunde später in der Gartenkolonie befand, hasteten ihm auf einem schmalen Gehweg zwei junge Männer entgegen, die ihm völlig unbekannt waren. Sie drängten sich grob und nervös an ihm vorbei und grüßten nicht einmal. Abel befiel schlagartig ein mulmiges Gefühl. Er beschleunigte seine Schritte. Was er kurz darauf im Gartenhäuschen entdeckte, glich einem wahren Horror: Seine Frau lag mit mehreren Stichverletzungen blutüberströmt auf dem Boden. Sie war noch warm, doch ihr Herz hatte bereits aufgehört zu schlagen.

Wer vermag nachzuempfinden, wie es einem ergeht, wenn man jählings den liebsten Menschen verliert, zudem noch auf so unerhört grausame Weise? Wen wundert es, wenn bei einem wie Abel, der unentwegt nur Gutes wollte, jedoch mehrfach solch harten Schicksalsschlägen ausgesetzt ist, sein ausgesprochen humanes Wesen urplötzlich ins Gegenteil umschlägt?

Nachdem seine faszinierende Weggefährtin, die er ununterbrochen leidenschaftlich verehrt hatte, der heimtückischen Bluttat zum Opfer gefallen war, geriet Abel zunehmend aus seiner gewohnten Lebensbahn. Bald darauf erschien er mir charakterlich derart verändert, als hätte ihn das furchtbare Ereignis schon beinahe zu einer anderen Persönlichkeit geformt, die mich nur durch ihre äußere Hülle noch halbwegs an sein vormaliges Auftreten erinnerte. Vielleicht hatte das außer mir keiner so deutlich bemerkt. Aber ich kannte ihn viel zu gut, um möglicherweise seine geistig-psychische Wandlung nicht zu vernehmen.
Anfangs hielt ich das für fast normal, weil ich einfach davon ausging, dass der tragische Verlust eines besonders nahestehenden Menschen von niemandem leicht zu bewältigen ist und folglich auch Abel ungemein schmerzhafte Seelenqualen durchleiden müsse.

Wie man den einschlägigen Quellen entnimmt und zuweilen durch eigenes Erleben bestätigt findet, gibt es verschiedene Phasen des Trauerprozesses, welcher durchaus mehrere Jahre andauern kann, in der Regel zwei bis drei.

Unmittelbar nach dem Verlust einer lieben Person will es der Betroffene oft gar nicht wahrhaben, dass der Abschied endgültig ist. Er wirkt wie betäubt oder versteinert und verspürt vorerst kaum psychische Drangsale. Das kann Stunden, Tage und nicht selten sogar Wochen dauern.

In der zweiten Phase brechen wiederholt regelrecht chaotische Gemütswallungen auf und beherrschen im hohen Maße den Trauernden. Die verschiedenen Emotionen äußern sich in mannigfacher Hinsicht, zum Beispiel über deutlich spürbare Angst- und Schuldgefühle oder durch Unruhe und Schlaflosigkeit. Sie werden häufig auf einmal und ebenso kunterbunt erlebt. Nichts erscheint mehr geordnet. Ein wirres Durcheinander gewinnt Oberhand und dominiert für eine gewisse Weile. Danach folgt die eigentliche Aufarbeitung des leidvollen Geschehens, indem über verschiedene Erinnerungen allmählich das Substanzielle, Gutes und Schlechtes, der verlorenen Beziehung klar hervortritt.

Schließlich wird der schmerzliche Verlust akzeptiert, und man versöhnt sich wieder mit dem Schicksal, wodurch sich vielfach neue Wege öffnen.

So weit die absichtlich kurz gefasste Generalisierung. In Einzelfällen gibt es natürlich Abweichungen, die mitunter erheblich sein können, vor allem, wenn der Betroffene einen echten Trauerprozess gar nicht erst zulässt, ihn quasi bewusst unterdrückt oder einfach nicht in der Lage ist, sich selbst zu helfen.

Falls in einer derart prekären Situation auch von außen kein seelischer Beistand kommt, kann es im künftigen Leben des Betroffenen äußerst problematisch werden. Seine Kümmernisse erscheinen auf unbestimmte Zeit gewissermaßen wie eingefroren. Aber sie können irgendwann in Form übermächtiger Schuldgefühle oder als bittere Enttäuschung und ohnmächtige Wut respektive vereinzelt auch in Gestalt unwägbarer Rachegelüste jählings aufbrechen, deren Folgen kaum berechenbar sind.

Gerade jene Individuen, die traumatisiert bleiben, weil ihr Schicksalsschlag nicht oder nur unzureichend bewältigt wurde, empfinden beinahe sämtliche Kränkungen und Nachteile, die ihnen andere zufügten, egal, ob vorsätzlich oder ungewollt, als besonders stark und nachhaltig belastend, manchmal sogar über Jahrzehnte hinweg. Selbst Lappalien können sie nicht verzeihen, geschweige denn vergessen. Sie legen buchstäblich alles auf die Goldwaage und interpretieren das jeweilige Ungemach gemäß ihrem Gutdünken. Wenn es dann ihren persönlichen Kodex von Recht und Ehre allzu sehr verletzt, trachten sie unentwegt nach Vergeltung, ganz im Sinne einer ebenso fragwürdigen wie verruchten Selbstjustiz. Dabei suchen und finden sie zuweilen Mittel und Methoden, die unsereins glattweg den Atem stocken lassen. Ihr unerbittlicher Drang nach dem egozentrischen Befreiungsschlag kennt keine Grenzen. Und wehe dem, der arglos in ihre Fänge gerät! Haben sie ihr potenzielles Opfer erst einmal sicher im Visier, gibt es kein Entrinnen mehr. Es hat keinerlei Chancen, der „Strafe" zu entgehen. –

Was indessen Abel betrifft, versteht sich wohl von selbst, dass ich ihm, meinem besten Freund, welcher zudem im gewissen Maße sogar mein Bruder ist, sofort nach der unfassbaren Tragödie meinen verbindlichen Beistand zusicherte. Allerdings machte er kaum Gebrauch davon, im Gegenteil, trotz wiederholter Bemühungen meinerseits igelte er sich immer mehr ein, schirmte sich gleichsam durch einen selbst gesponnenen Kokon von der Außenwelt ab. Um seinen jetzigen Zustand zu erklären, reicht offensichtlich die brutale Heimsuchung durch den schrecklichen Tod seiner geliebten Frau als einziger Grund nicht mehr aus. Dafür muss es noch weitere Impulse geben, die mir freilich bisher verborgen geblieben sind. Doch je länger ich im Ungewissen tappe, desto stärker ergreift mich die Furcht, es könnte ein äußerst mystisches und daher ebenso beängstigendes Phänomen dahinter stecken. –

Was sich damals in der Gartenlaube zutrug, könnte man fast trivial nennen. Die Ursache war in jedem Fall eine Bagatelle. Bald stellte sich nämlich heraus, dass die zwei Mörder ursprünglich nur die Tür aufbrachen, um ihren Hunger und Durst zu stillen und eventuell drinnen zu nächtigen, wobei sie eben leider überrascht wurden. Die Kriminalpolizei vermochte sie trotz intensiver Suche nicht aufzuspüren. Abel hingegen konnte sie ausfindig machen und auf seine Art bestrafen. Stempelte er sich dadurch möglicherweise selbst zum Verbrecher? Völlig ausgeschlossen ist es nicht, dass er von allen guten Geistern verlassen wurde, sofern es einer bösen Macht gelang, sich seiner zu bemächtigten.

XXXI

Wie erging es eigentlich nach Peters Tod seinen Hinterbliebenen und namentlich Veronika?

Die Witwe war vorerst in tiefer Betrübnis versunken, und des Verstorbenen offensichtlicher Ehebruch belastete sie zusätzlich. Es vergingen knapp zwei Jahre, bis sich eine völlig neue Situation für Veronika ergab. Ihre jüngste Tochter erhielt als Malerin in der hiesigen Porzellanmanufaktur eine Tätigkeit. Die beiden anderen Töchter hatten bereits Jahre zuvor eine Anstellung in München und Augsburg erworben. Mit ihren neuen Wohnorten und Beschäftigungen waren sie vollauf zufrieden und zeigten kein Interesse, wieder in die einstige Heimat zurückzukehren.

Doch im August 2010 traf es das noch bei der Mama verbliebene, unverheiratete Nesthäkchen, denn die Manufaktur reduzierte abermals die Zahl ihrer Mitarbeiter. Zu den Entlassenen gehörte auch die junge Künstlerin. Sie verließ bald darauf zusammen mit ihrer Mutter ebenfalls den vertrauten Geburtsort, indem beide nach Augsburg verzogen, in unmittelbarer Nähe ihrer Verwandten. Seither vernehmen wir nur lobende Worte, und die einst betrogene Witwe blüht zusehends auf. Inzwischen hat sie sich wieder mit einem überaus gütigen Mann zusammengetan. Die neue Liebe sei ihr von Herzen gegönnt.

Was nun Peters einstigen Fehltritt betrifft, so vermochte ich Folgendes herauszufinden: Das Gesicht der schönen Fremden habe ich mir während der Trauerfeier vom Oktober 2008 natürlich fest eingeprägt. Knapp ein Jahr darauf begegneten wir uns zufällig bei einem Yoga-Seminar in Dresden. Zu meiner großen Überraschung sprach sie mich zuerst an, sogar mit Namen. Wir verabredeten ein Treffen nach der Veranstaltung in einem Café ganz in der Nähe. Im Gespräch erfuhr ich schnell, woher sie mich kannte: Peter hätte mich ihr gegenüber oft als guten Kameraden erwähnt und auch Bilder von mir gezeigt.

Hinsichtlich ihrer intimen Beziehung zu meinem Freund zeigte sie sich anfangs etwas zurückhaltend, sprach aber doch bald offen und ausführlich darüber. Selbstredend war ich ganz Ohr, um eine durchaus interessante Story zu vernehmen, die ich hier preisgebe: Beide begegneten sich erstmals in einem Dresdener Architektenbüro, wo sie viele Jahre gemeinsam arbeiteten. Genau dort entwickelte sich ihre Liebschaft, deren Krönung übrigens auch Peter heißt. Es wäre ein sehr inniges und fast zwei Jahrzehnte währendes Verhältnis gewesen, betonte die charmante Dame mit deutlich vernehmbarer Dankbarkeit.

Auf Unterhaltsbeiträge habe sie bewusst verzichtet, um die ausgesprochen beflügelnde Verbindung zu ihrem Herzblatt nicht zu gefährden. Zudem plagten sie niemals finanzielle Sorgen. Dennoch unterstützte ihr Geliebter nach Kräften vor allem das Gedeihen seines unehelichen Sohnes. Dass er verheiratet war und seine Familie um keinen Preis verlassen würde, sei ihr von Anfang an klar gewesen und auch beizeiten ihrem gemeinsamen Filius beigebracht worden. Schließlich äußerte sie mit unverkennbarer Wehmut und den Tränen nahe, Peter wäre einzigartig und für sie im wahrsten Sinne des Wortes der ideale Partner gewesen. Allein ihre grenzenlose Zuneigung hätte sie veranlasst, gemeinsam mit dem inzwischen erwachsenen Sohn an der Abschiedsfeier in Meißen teilzunehmen.

Ihre warmherzigen Worte berührten mich zutiefst, und ich gestehe, Veronika habe ich von all dem bisher nichts anvertraut, weil ich sie nicht unnötig belasten möchte.

Jetzt mag sich vielleicht mancher fragen, ob denn eine solche Geschichte überhaupt glaubhaft ist, dass ein Mann über einen erstaunlich langen Zeitraum hinweg parallel zwei Frauen gleichermaßen leidenschaftlich verehrt und ihnen die große Liebe schenkt. Ja, das kommt anscheinend bisweilen vor, natürlich auch umgekehrt. Und die Moral? Ein Zeitgeist, dem sich manche clever entziehen.

XXXII

Donnerstag, zweiter Juni 2011, Christi Himmelfahrt. In der vergangenen Nacht plagte mich ein furchtbarer Traum, aus dem ich schweißgebadet erwachte: Wie üblich, verabredete ich mich zum traditionellen „Männertag" mit meinem Freund und Weggefährten Abel, um etwas zu unternehmen, das uns viel Spaß bereiten sollte. Infolge dicker Wolken trafen wir uns erst um elf Uhr auf einer Anhöhe an der Elbe, direkt gegenüber von Albrechtsburg und Dom. Doch diesmal währte unser geselliges Zusammensein nicht lange, denn Abel offenbarte mir eine erstaunliche Geschichte, nachdem wir auf einer Holzbank Platz gefunden hatten.

Während er mir seine Erfahrung anvertraute, erschien vor meinem geistigen Auge ein merkwürdiges Bild von gleichnishafter Prägung: Hinter den monumentalen Wahrzeichen unserer Stadt entfachte sich ein riesiger Feuerball mit einer rotgelben Aureole. Anscheinend ein Indiz meiner unmittelbar bevorstehenden Erleuchtung. Am Fuße des gewaltigen Bauwerkes formte sich peu à peu das Symbol des Taoismus, das nach der altchinesischen Lehre für die ganzheitliche Dualität des Universums steht. Yin, das weibliche Prinzip und Yang, das männliche, die miteinander verbunden sind. Schließlich veränderte sich die kreisförmige Figur langsam zu einem großen O, an das sich weitere Buchstaben in klaren Lettern schmiegten. Daraus entstand der Ausdruck „Offenbarung". Doch Abels düsteres Bekenntnis erfuhr ich erst am nächsten Tag.

Mein Albtraum führte mich weiter: Starr vor Entsetzen bemerkte ich, wie ein graues, mit ockerfarbenen Flecken versehenes Reptil aus dem Gebüsch unterhalb der Albrechtsburg hervorkroch, sich zum Symbol bewegte, dabei immer schneller wurde, um sich zwischen Yin und Yang zu drängen, was ihm jedoch nicht gelang. Die Kreatur vermochte das Sinnbild nicht zu trennen, wie oft und heftig sie auch mit ihrem Kopf dagegen stieß. Endlich gab sie auf und schmiegte sich an den Hang. Es war eine Schlange. Das grauenvolle Schuppenmonster hatte ein gigantisches Ausmaß. Sein Ende verlor sich irgendwo in den Gewässern des Elbstromes. Ich gewahrte, wie das Ungeheuer ein paar Meter höher kroch, seine gespaltene Zunge lechzte begierig. Ich sah, wie das Wort „Offenbarung" allmählich im Hintergrund verschwand, gleichsam wie ein sich auflösender Nebelstreif. Und dann erschienen an derselben Stelle die zwei Vokabeln „Abels Orakel". Ich war wie von Sinnen. Pure Angst nahm mich in Besitz und ließ mich nicht los. Würde sich nun doch meines Freundes düstere Prophezeiung vom Mai 1948 bewahrheiten? Er hatte doch vorausgesagt, dass irgendwann, selbst noch Jahrzehnte später, einer von uns den anderen töten werde, ähnlich dem biblischen Brudermord.

Vielleicht dauerte es nur einige Sekunden, möglicherweise auch Minuten, als mir gesprochene Laute ins Gehör drangen, erst sehr leise und kaum verständlich, doch bald lauter und klarer. Es war Abel, der mich behutsam aus der Trance holte. Dem Vernehmen nach durchschaute er meine Lage und sah die Ohnmacht, in die ich mich quasi selbst hineinmanövriert hatte, denn er sagte: „Nein, so weit ist es noch nicht, mein lieber Kai. Wir haben nämlich noch einiges zu bewältigen, du auf deine Weise, worüber ich dich gleich ausführlich informiere. Ich hingegen muss mich sputen, den Häschern zu entrinnen", eine Äußerung, die mich nicht nur frösteln ließ, sondern zugleich dafür sorgte, aus meinem Albtraum schweißgebadet zu erwachen. Rasende Herzschläge und entsetzliche Atemnot waren anscheinend ein Zeichen drohenden Unheils, eine Art Menetekel, zumal sich das vermeintliche Hirngespinst schon nach wenigen Stunden in seinen Grundzügen bewahrheiten sollte. Es gab kein Entrinnen. Das abschließende Gefecht zwischen Abel und mir stünde unmittelbar bevor, glaubte ich damals.

Am nächsten Tag trafen wir uns verabredungsgemäß, trotz bedrohlicher Wolken am Firmament. Seitdem gibt es für mich keinen Zweifel mehr daran, dass sämtliche mysteriösen Todesfälle allein auf Abels Konto gehen. Während dieses Treffens berichtete er mir nämlich erstmals von seiner Veranlagung: Er könne durch höchste Konzentration auf die Bündelung seiner geistigen und psychischen Kräfte sowie deren Strahlkraft über die Augen ein Opfer bis hin zum Exitus treiben, ohne es direkt zu berühren. Er sprach von Biophotonen, Lichtquanten im UV-Bereich, die gewisse Signale aussenden könnten. Sodann schilderte er mir, er hätte durch seine Suggestivkraft einige Männer ins Jenseits befördert, die ihm auf irgendeine Weise schlimmes Leid zufügten. Dabei wäre es ihm meist eine Bedürfnis gewesen, ein oder zwei seiner Bumerange gen Himmel zu schleudern und diese wieder aufzufangen.

Aktiv sei er nach dem grauenvollen Tod seiner Frau geworden. Die Kette seiner bewussten Hinrichtungen erstrecke sich vom 16. August 2000 bis zur frühen Abendstunde des Vortages, als er vom Aussichtsturm unserer Frauenkirche den dreizehnten Bösewicht zur Strecke brachte. Die herbe Geschichte mit dem Jauchenschöpfer in Kaisitz sei eher zufällig passiert. Daher zähle er sie nur bedingt zur Serie, obwohl ihm natürlich klar sei, dass nach deutschem Recht Derartiges niemals verjährt. Weil er jedoch mit dem jüngsten Fall sein „Prinzip der heiligen Zwölf" überschritten habe und dabei auch noch von zwei Überwachungskameras gefilmt wurde, gereiche ihm nun das Ganze selbst zum Verhängnis, falls er nicht schleunigst das Weite suche. Gleichwohl müsse er mich noch unbedingt über einige Details informieren, denn er verbinde damit eine bestimmte Absicht.

Mit einem Schlag befand ich mich nahezu greifbar Anonymus gegenüber. Wie aus dem Nichts kommend, stand er auf einmal da. Mir war, als hätte mich nachgerade aus heiterem Himmel ein Blitz getroffen, der mich versteinern ließ.

Jedenfalls beauftragte mich Abel in Gestalt des Anonymus mit dieser Erzählung. Und als ich ihm prüfend in die Augen sah, war mir sofort klar, ich konnte mich der Sache nicht entziehen. Da half weder Bitten noch Flehen. Ich musste es tun.

Sonach ist ihm nicht nur diese Aufzeichnung zu verdanken, sondern auch der Bericht vom angeblichen Elbmonster, denn allein auf sein Geheiß vom zweiten Juni 2011 sah ich mich genötigt, das vermeintliche Ungeheuer näher ins Blickfeld zu rücken. Und sicher haben wir längst richtig vermutet, dass es kein grässliches Tier war, welches in jenen Tagen, als hier in Meißen die Jahrhundertflut tobte, scheinbar einen Mann vom Fußgängerweg der Eisenbahnbrücke herunterriss und verschlang, sondern unser rätselhafter Anonymus, der ihn kraft seiner mysteriösen Veranlagung in die Tiefe und sonach ins Jenseits beförderte.
Es war eines der vielen Opfer, deren Namen auf einer Liste standen, welche er infolge besonders stark empfundenen Unrechts für seinen geplanten Rachefeldzug gegen die Übeltäter einst angefertigt hatte.

XXXIII

Der konkrete Inhalt des Verzeichnisses ist mir deshalb bestens vertraut, weil Abel sämtliche Daten in ein kleines Notizbuch eingetragen hatte, das er mir während unseres letzten Treffens mit der ausdrücklichen Erlaubnis übergab, es nach eigenem Gutdünken zu verwenden. Ich dürfe es auch behalten, fügte er hinzu, weil er vorsorglich sämtliche Niederlegungen abgelichtet und gespeichert habe. Man wisse ja nie, was noch komme.

Nachdem ich es schnell durchblättert hatte, bemerkte ich sofort, dass es nur stichwortartig und nicht einmal halb gefüllt war. Mithin wäre es mir vollauf recht gewesen, er hätte seine Aufzeichnungen wenigstens grob erläutern können, auch wenn ich mit der Gedankenwelt meines Freundes einigermaßen vertraut bin. Allein dazu war er wegen offensichtlicher Zeitnot nicht mehr in der Lage.

Als ich noch am selben Tag mir die Eintragungen näher ansah, war ich dennoch sehr überrascht. Ich fand nicht nur die Namen von zwölf getöteten Männern mit zusätzlichen Angaben versehen, sondern desgleichen skizzenhaft festgehalten, welche Beweggründe für seine Vorgehensweise ausschlaggebend gewesen waren, die ich hier nun auch gerne der Vollständigkeit halber dem interessierten Leser übermittle. Es sind ergänzende Aussagen zu den bereits dargelegten Vorgängen, insbesondere Abels Motive betreffend.

Die ersten beiden Tötungsdelikte leuchten uns sicherlich noch am ehesten ein, freilich ohne sie deshalb etwa gutheißen oder gar rechtfertigen zu wollen. Es handelt sich um die bewusste Liquidierung der zwei Verbrecher, die im Frühjahr 2000 seine Frau umbrachten. Das war der Beginn einer fast unglaublichen Mordserie. Dem ging allerdings eine abrupte Charakterwandlung Abels voraus, nachdem er durch Ulrikes brutale Auslöschung das Liebste und Edelste verlor, was ihm das Schicksal jemals gewährt hatte.

Fortan nutzte er gezielt seine teuflische Veranlagung, um sich an denen zu rächen, die ihm das Leben scheinbar oder vereinzelt tatsächlich zur Hölle machten. Erstaunlicherweise waren das ausschließlich Männer. Keine einzige Frau habe ihm irgendein nennenswertes Leid zugefügt, ist den Notizen zu entnehmen.

Abel vermochte die zwei jugendlichen Unholde ziemlich schnell aufzuspüren, und er sorgte bereits im August desselben Jahres konsequent dafür, dass der eine vom berüchtigten „Todesfelsen" am Rande unserer Stadt und der andere kurz danach von einem Hochhaus stürzte, um sie für ihre ruchlose Freveltat auf seine Weise zu bestrafen.

Von offizieller Seite wurden beide Vorfälle glattweg als Suizide eingestuft, mutmaßlich ohne die geringsten Bedenken, was dem Erscheinungsbild nach auch niemanden verwundern sollte. Hier darf sogar angenommen werden, dass die wahren Ursachen überhaupt nicht ans Tageslicht gekommen wären, wenn Abel es fertiggebracht hätte, seinem verhängnisvollen Treiben unmittelbar danach Einhalt zu gebieten. Immerhin schaffte er es zuvor sechsundfünfzig Jahre lang, die ureigenen animalischen Kräfte im Zaume zu halten. Aber nach der entsetzlichen Massakrierung seiner geliebten Gemahlin vermochte er sich nicht mehr zu beherrschen und trachtete fortan nach Rache. Besessen vom unbändigen Wahn, er müsse alles vergelten, was ihm andere an Bosheiten zugefügt haben oder noch antun werden, erfasste ihn eine wilde Begierde zum Töten. Andererseits wollte er dabei seine „heilige Zwölf" unter keinen Umständen außer Acht lassen, denn schon der bloße Gedanke an des „Teufels Dutzend" bewirkt unwillkürlich ein heftiges Unbehagen in seiner Brust. Und gleichsam zu dessen Bestätigung findet man auch tatsächlich keinen dreizehnten Namen eines möglichen Todeskandidaten unter den erwähnten Aufzeichnungen.

Die nächsten „Selbstmörder" wurden von ihm wie folgt schriftlich erfasst und wenigstens andeutungsweise, quasi schemenhaft charakterisiert:
Der genannte Bauunternehmer, Dritter in Abels krimineller Aktion gegen Mitbürger, die er aus unterschiedlichen Gründen gnadenlos verabscheute, fiel bekanntlich von der obersten Plattform unserer Frauenkirche. Er hatte nicht die geringste Überlebenschance.
Jene grauenvolle Begebenheit erregte auf hiesigem Terrain vor allem deshalb großes Aufsehen, weil der Mann, von

Gestalt ein echter Hüne, wegen übler Machenschaften bei den meisten Mitarbeitern seiner Firma sehr unbeliebt war und darüber hinaus von manchen seiner Kunden regelrecht gehasst wurde. Das hatte sich ebenso rasant herumgesprochen wie sein plötzlicher Tod. Und nicht alle Betroffenen waren traurig darüber, zumal sie lange fest daran glaubten, er hätte sich freiwillig das Leben genommen, worauf es nun einen Halunken weniger gäbe.

Abel hingegen wusste mehr. Den maßgeblichen Impuls für seine höchst verwerfliche Entscheidung, den niederträchtigen Zeitgenossen zu beseitigen, löste nämlich folgender Hergang aus:

Es war Abels älterer Sohn, den der vierzigjährige Geschäftemacher abzocken wollte, indem er beim Umbau eines alten Einfamilienhauses, welches der Auftraggeber preisgünstig erwerben konnte, mehrfach viel höhere Rechnungen stellte als man ursprünglich vereinbart hatte, obwohl nachweisbar keinerlei zusätzliche Baumaßnahmen oder Materialien erforderlich waren. Schließlich wurde es dem jungen Familienvater doch zu bunt, und er weigerte sich, die Rechnungen in ausgewiesener Höhe zu begleichen. Hierauf drohte ihm der Unhold sogar mit Schlägen. Nachdem Abel davon erfuhr, empfand er den Vorgang als Gipfel dreisten Verhaltens. Was darauf folgte, ist uns mittlerweile sattsam vertraut.

Der Übeltäter war übrigens gleich nach der Wende aus Westdeutschland zu uns gekommen, hatte sich in Meißen sesshaft gemacht und hier offenbar das Eldorado für unlautere Vorhaben gesehen, was anfangs auch recht gut funktionierte. Und er war in jener Zeit bei Weitem nicht der einzige Glücksritter mit betrügerischen Absichten! Sie kamen zuhauf, fielen wie Heuschreckenschwärme über die Einheimischen her, um sich am Balsam ihrer marktwirtschaftlichen Unerfahrenheit und Naivität zu laben.

Nach diesem Fall haben wir inzwischen sicherlich eine weitere von Abels Eigenheiten mitbekommen: Wenn irgendjemand seinen nächsten Angehörigen absichtlich etwas Schlimmes zufügt, geht ihm das genauso nahe, als hätte man es ihm selbst angetan. Und er wähnt sich bedingungslos in der Pflicht, den Geschädigten auf seine Weise beizustehen, auch auf die Gefahr, sich dadurch unwiderruflich zum Verbrecher zu stempeln, obwohl Argwohn und Bösartigkeit meinem Gefährten eigentlich wesensfremd sind. Doch nachdem er in eine Spirale aus Gewalt, Betrug, Machtmissbrauch und Willkür geriet, wurde er augenscheinlich selbst zum Täter.

Vergegenwärtigen wir uns gleich weitere Vorkommnisse: Am 15. November 2000 flog ein Meißner Bäckermeister, der bei den Einheimischen für seine Produkte durchaus beliebt war, von der Schlossbrücke und daraufhin geradewegs in die Gefilde der Seligen. Oder vielleicht doch ins Fegefeuer, dem angeblichen Ort der Läuterung nach sündigen Verfehlungen? Wie dem auch sei, für Abel war es jedenfalls ein Befreiungsschlag, denn auch dieser Begebenheit ging etwas Merkwürdiges voraus.
Eine Enkeltochter unseres Protagonisten hatte ausgerechnet in jenem Fachgeschäft, welches hauptsächlich auf Konditorei spezialisiert war, ein halbes Jahr zuvor ihre

Lehre begonnen. Während der Ausbildung musste sie auch häufig in der Backstube arbeiten. Und genau dort geschah es! Der Meister fand offenbar nicht nur Gefallen an seinen gefragten Erzeugnissen, sondern wohl noch in viel höherem Maße an den Reizen des schönen Mädchens, das sich notgedrungen oftmals ganz in seiner Nähe aufhielt. So kam es denn, dass er sich eines bitterbösen Tages nicht mehr zügeln konnte und die Jugendliche sexuell belästigte. Schlimmer noch: Er griff ihr in den Schritt und wollte seine tierische Begierde auf der Stelle gewaltsam befriedigen. Gottlob schaffte es die abscheulich Bedrängte in geradezu letzter Minute, am Leib noch unversehrt, Reißaus zu nehmen. Indessen blieb auf ihrer Seele ein dunkler Fleck haften, der bestenfalls allmählich verblassen, aber nie mehr ganz verschwinden wird.

Die Auszubildende wohnte seit dem Beginn ihrer Lehre bei ihrem Großvater in Meißen, wo es nach dem tragischen Verlust seiner Frau genügend Platz für sie gab. Dadurch ersparte sie sich die tägliche Fahrt zur rund zwanzig Kilometer entfernten Behausung ihrer Eltern. Ohnedies war das Verhältnis zwischen Enkeltochter und Opa seit Langem von inniger Zuneigung geprägt: Sie genoss seine Warmherzigkeit und Hilfsbereitschaft. Er erfreute sich an ihrem sonnigen Gemüt und jugendlichen Elan. Kein Wunder also, wenn sie ihm unverzüglich über den schändlichen Vorfall berichtete.

Der besagte Lustmolch wählte bereits drei Tage später scheinbar den Freitod.

An fünfter Position ist ein Anwalt vermerkt, der jählings unter einen fahrenden Zug geriet und völlig zermalmt wurde. Obwohl es genau so aussah, als hätte er sich gezielt aus dem Leben gestohlen, gelangte er mit Sicherheit nicht aus eigenem Antrieb dorthin. Wiederum hatte Abel nachgeholfen, indem er den Winkeladvokaten, wie er ihn verächtlich bezeichnete, aufgespürt, verfolgt und ebenso durchdacht ausgelöscht habe, lässt sich dem Büchlein entnehmen.

Über sein Motiv ist diesmal leider nichts zu erfahren. Aufschlussreich dürfte jedoch sein, welche Gedanken er dazu eingehend niederschrieb:

„Sofern einige unbedarfte Jurastudenten, speziell der niederen Semester, noch davon träumen, von Gottes Gnaden auserwählt zu sein, sich dereinst höchsteigen dafür einzusetzen, dass jedermann Gerechtigkeit zukäme, sollte man Nachsicht üben, weil es durchaus einem ehrenwerten Vorhaben entspricht. Spätestens während ihrer ersehnten Anwaltstätigkeit begreifen sie ohnehin, dass es sich dabei hauptsächlich um kaltblütige Geschäfte handelt, die mit Moral nichts zu tun haben. Heute, in der Welt des gnadenlosen Jagens und Gejagtwerdens, gilt das mehr denn je.

Wir kommen nicht umhin, betrübt festzustellen, dass sich Recht und Gerechtigkeit bei Weitem nicht täglich liebevoll umarmen, geschweige denn sich begehrlich heiß küssen, um schließlich vollends miteinander zu verschmelzen. Sie gleichen einander so wenig wie der gefräßige Hai dem genügsamen Schaf.

Seinem Wesen nach ähnelt das Recht eher einer äußerst gefügigen Hure. Je nach Interessenlage der Herrschenden kann dessen konkreter Ausdruck in Form der Gesetzgebung, die ja ausschließlich von Menschen vollzogen wird, fast beliebig erweitert, eingeschränkt oder in Teilbereichen auch völlig gestrichen werden. Die jeweilige Handhabung bleibt sowieso zumeist dem Ermessen und vor allem der Raffinesse einschlägiger Fachleute überlassen. Und mich belastet nunmehr eine denkbar schlechte Erfahrung."

Anscheinend wurde Abel oder jemand, der ihm sehr nahesteht, vom betreffenden Juristen in übler Manier hintergangen, und er rächte sich abermals auf seine Weise.
Warum er eigens dazu einen ausführlichen Text verfasste und den genauen Beweggrund für seine erneut verheerende Aktion unerwähnt lässt, vermag ich nicht zu entziffern.
Möglicherweise handelt es sich dabei um den Ansatz für ein gesondertes Projekt.

XXXIV

An sechster Stelle auf der Liste folgt nun ein Gymnasiallehrer, dessen verfrühtes Lebensende ebenfalls auf Abels
Konto geht. Doch bevor er Anfang Januar 2001 notgedrungen von unserer Altstadtbrücke sprang und im eiskalten Elbwasser den Tod fand, muss fraglos etwas Schwer-
wiegendes passiert sein. Dazu findet man mehrere stich-
wortartige Notizen, deren Zusammenhang und Aussage
sich etwa wie folgt erschließen lässt:

Als Pädagoge war der Mann sowohl bei seinen Schülern
wie auch im Kollegium durchaus beliebt. Selbst die Eltern-
schaft sprach anerkennend von seinem fachlichen Wissen
und methodischen Können. Er unterrichtete Sport und
Mathematik, sicherlich eine ideale Kombination für Körper
und Geist.

Der Typ beharrte zeitlebens auf seinem Junggesellenda-
sein, hatte aber einen merkwürdigen Sexualtrieb, von dem
allerdings kaum jemand wusste. Indessen blieb Abel davon
nicht verschont. Beide lernten sich nach Ulrikes Ableben in
einem Fitnesscenter und dort besonders während gemein-
samer Saunagänge kennen. So ergab sich eine gewisse Zu-

neigung, und man lud sich gegenseitig in ein Café, bald darauf sogar in die Wohnungen ein. Es währte gar nicht lange, da erwies sich der Pauker Abel gegenüber als immer zudringlicher, indem er meinte, man könnte doch fortan gemeinsam über Internet „nach frischem Fleisch" suchen oder es selbst dort anbieten, wobei er lüstern nach entsprechenden Fotos kramte, um sie seinem Gast zu zeigen. Das saß bei unserem auf eigenwillige Moral bedachten Freund wie die Faust aufs Auge. Schlagartig war ihm klar geworden, dass er es nunmehr mit einem Partner zu tun hatte, dessen Sexualtrieb eindeutig auf Kinder zielte.

Derart Abscheuliches war ihm bis dahin niemals persönlich widerfahren, und ihm kam sogleich ein Jesus-Satz aus der Bibel in den Sinn: „Wer einen von diesen Kleinen, die an mich glauben, zum Bösen verführt, für den wäre es besser, wenn er mit einem Mühlstein um den Hals im tiefen Meer versenkt würde." Ohnedies war Abel schon früher davon überzeugt, dass erwachsene Menschen, die ihre perverse Gier an schutzlosen Kindern zu befriedigen suchen, bedingungslos aus dem Verkehr gezogen werden müssten.

Der radikale Abschluss jener seltsamen Beziehung zwischen ihm und dem pädophil veranlagten Gymnasiallehrer ist uns mittlerweile hinreichend vertraut.

Zu den folgenden drei Vorkommnissen sind die erwähnten Notizen äußerst knapp und mitunter auch ziemlich rätselhaft, weil mir erheblich mehr Symbole und Zahlen als Worte begegnen. So habe ich teils große Mühe, mir daraus etwas Gescheites zusammenzureimen. Ich will es trotzdem versuchen, auch wenn es zwangsläufig sehr lückenhaft bleiben muss und in mancher Hinsicht nicht wesentlich tiefgründiger sein kann als die im vierundzwanzigsten Kapitel bereits verkündeten Fakten.

Ende Januar 2001 verstarb ein Immobilienhändler, nachdem er während einer Wohnungsbesichtigung mit einem vorgetäuschten Interessenten vom Balkon eines Hochhauses in eine tiefe Baugrube fiel. Das war zu jener Zeit bereits der siebente mysteriöse Todesfall. Er habe sich, wie mehrere Vorgänger, freiwillig das Leben genommen, glaubten damals viele Mitbürger. Das Erscheinungsbild lies vorerst auch kaum eine andere Deutung zu. Rätselhaft blieb ihnen jedoch, warum sich der Mann im besten Alter und zudem mit vortrefflichem Leumund plötzlich in den Abgrund stürzte und sich dadurch mit ziemlicher Sicherheit sogar geplant der Verantwortung für seine Ehefrau und zwei gemeinsame Kinder entzog.

Doch der angeblich selbstlose Makler war bei Weitem nicht so ohne Fehl und Tadel, wie man es angenommen hatte. Es handelte sich vielmehr um einen äußerst raffinierten, durchtriebenen und überwiegend auf den eigenen Vorteil bedachten Typen. Nicht nur, dass er außerhalb unserer Stadt, damit es der hiesigen Bevölkerung möglichst nicht auffiel, zuweilen vollkommen überhöhte Provisionen von seinen Kunden forderte, verkaufte er obendrein manche Gebäude und Wohnungen weit über ihren tatsächlichen Verkehrswert.

Das hat sein Rächer vermutlich erst mitbekommen, nachdem ein Freund aus der Nachbarstadt Coswig ihm schilderte, wie er vom besagten Herrn skrupellos übers Ohr gehauen wurde. Bald darauf erfuhr er noch von weiteren ähnlichen Fällen. Ob Abel selbst zu den Adressaten des gewerbsmäßigen Betrügers zählte, vermag ich nicht zu beurteilen. Erwiesen ist dagegen, dass auch diese tragische Begebenheit auf sein Konto geht.

Im Nachhinein berichteten die Medien, dass der vermeintliche Saubermann einer Steuerhinterziehung in beträchtlicher Höhe verdächtigt wurde und in der Schweiz über ein dickes Konto verfügte. Zudem erfuhr die Öffentlichkeit, dass der vorgebliche Selbstmörder auch dubiose Geldanlagen vermittelte, worauf sich einzelne Bürger meldeten und, teils arg beschämt, äußerten, wie sie auf seine dunklen Machenschaften hereinfielen.

Sonach erspähen wir eine gedankliche Verbindung zu den nächsten zwei Fällen, die sich wie folgt ereigneten:

Ein Herr, von Beruf Versicherungsagent, ertrank zu Beginn des Jahres 2002 am helllichten Tage im eigenen Gartenteich. Die anschließend von zuständigen Fachleuten gemessene Wassertiefe habe gerade mal hundertzwanzig Zentimeter betragen. Das Opfer sei nicht alkoholisiert gewesen, und ein Kreislaufkollaps käme ebenso wenig infrage. Man sprach wiederholt von einer äußerst mysteriösen und daher gleichermaßen rätselhaften Begebenheit.

Bald darauf, genau drei Wochen später, folgte bereits der neunte Zwischenfall. Ein Wirtschaftsberater, kaum fünfzigjährig, wollte an einem frühen Nachmittag die relativ kurze Strecke von unserer Altstadt bis zum Hauptbahnhof laufen, um danach mit dem Zug nach Hause zu fahren. Doch einen Bahnsteig konnte er nicht mehr betreten, weil er zuvor jählings unter einen rollenden Lastkraftwagen geriet, worauf er seinen Verletzungen sofort erlag. Den Fahrer traf anscheinend nicht die geringste Schuld.

Diese beiden Männer waren schon längere Zeit eng miteinander verbandelt, da sie für Unternehmungen mit gleicher Zielstellung sorgten und sich auch charakterlich stark ähnelten.

Der eine hatte seinen Wohnsitz in Meißen, der andere in Hannover. Sie arbeiteten in einem spinnennetzartigen Geflecht der „Vereinigung europäischer Wirtschaftsberater", wie sich die Organisation heute noch ziemlich abgehoben nennt. Jener Bereich, in dem beide federführend beschäftigt waren und ständig nach frischen Gehilfen suchten, wirkte teils nach dem Prinzip des in Deutschland eigentlich verbotenen Schneeballsystems, auch wenn sich dessen Struktur nicht gleich jedem so offenbarte.

Den jungfräulich gewonnenen „freien Mitarbeitern" wurde eine durchaus reizvolle Entwicklungschance geboten, die insgesamt neun Stufen hatte. Demgemäß war die Vergütung: ganz unten der reine Hungerlohn, weit oben besonders üppig sprudelnde Quellen.

Abel Kager erklimmte nach mehreren Schulungen die vierte Sprosse und durfte sich fortan „Fachberater" nennen.

Nanu! Was haben wir soeben vernommen? Ist dem Autor womöglich ein Fehler unterlaufen? – Nein, meine verehrten Leser, Abel hat sich während der neunziger Jahre tatsächlich für die besagte Gesellschaft werben lassen, nachdem seine Lehrstätte von der Treuhand „abgewickelt" wurde, als hätte sie nicht tausende Ingenieure für Maschinen- und Anlagenbau hervorgebracht, deren Können sowie Engagement auch im Ausland gefragt war und immer noch begehrt ist.

Ungeachtet dessen beteiligte sich Abel danach entschlossen an den gebotenen Weiterbildungsmaßnahmen, die in Berlin, Leipzig, Chemnitz und weiteren Orten, ja sogar am Vierwaldstätter See in der Schweiz stattfanden.

Man traf sich generell in auffallend nobler Kleidung, wobei speziell die schönen Damen für die Männerwelt einen besonderen Augenschmaus boten, schick und reizend anzusehen, als wären sie direkt einem exklusiven Werbeprospekt entstiegen. Wahrhaftig, das ist mein persönliches Urteil, denn ich war selbst dabei! Wie sonst könnte ich ausführlich darüber berichten, zumal das erwähnte Büchlein hierzu sehr verschwiegen bleibt? Vielleicht ist es Abel einfach peinlich gewesen, seine damalige Blauäugigkeit preiszugeben? –

Bei Luzern nahm die Unterweisung allerdings recht merkwürdige Formen an. Nach einschlägigen Vorträgen und Seminaren zog man ausnahmsweise in Trainingskleidung gemeinsam in einen nahe liegenden Wald, wo zwischen verschiedenen Bäumen dicke Seile gespannt waren. Nachdem die Akteure sie auf Strickleitern mühsam erklommen hatten, sollten sie von einem Geäst zum anderen balancieren, selten weniger als zehn Meter entfernt. Am Ziel kamen freilich nur die wenigsten an. Aber sie waren natürlich gesichert, damit ihr Absturz glimpflich verlief.

Solche und ähnliche Kinkerlitzchen wurden dort mit den Teilnehmern zuhauf praktiziert. Kurzum, sämtliche Maßnahmen dienten nur einem Zweck: Den Akteuren sollten jegliche Bedenken genommen werden, auf Teufel komm

135

raus Kunden zu gewinnen, um mit ihnen Versicherungs-
verträge abzuschließen und möglichst auch Geldanlagen zu
vermitteln. Kein Wunder also, wenn jene Beschäftigung
Abel weder zufriedenstellte noch auslastete, obwohl er eigens dafür ein Fernstudium in Darmstadt aufnahm. Dennoch machte er solange gutgläubig im Verein mit, bis er
selbst auf die Nase flog, indem er eine beträchtliche Sum-
me vom Ersparten einbüßte, weil das Geld in dunkle
Kanäle floss. In ähnlicher Weise traf es bald andere Personen, die ihm als „Betreuer" vertrauten. Das verursachte in
seinem Gemüt nahezu unerträgliche Seelenqualen.
Daraufhin stellte er die eingangs benannten Herren prüfend zur Rede. Beide entgegneten ihm übereinstimmend
und obendrein zynisch lächelnd, es wäre der Preis der Freiheit. Das war für unseren seltsamen Helden zweifelsfrei ein
Grund mehr, sich ihrer für immer zu entledigen.

So lässt sich also Folgendes resümieren: Wenn Abel von
der Schandtat eines Zeitgenossen absolut überzeugt ist und
meint, dessen frevelhaftes Verhalten müsse unbedingt mit
der Höchststrafe vergolten werden, gibt es für den Adressaten kein Entrinnen mehr. Der eigenwillige Rächer über-
prüft äußerst gewissenhaft dessen Tagesablauf, verfolgt ihn
heimlich auf Schritt und Tritt, bis er eine ideale Gelegenheit erspäht, ihn zu beseitigen. Sonach drängt er die Beute
zu einem kurzen Gespräch, konzentriert seine Kräfte auf
die ihm ureigene teuflische Veranlagung und schaut gezielt
in die Augen des entsetzten Opfers, welches nun zwangsläufig, weil völlig gebannt und wehrlos, rückwärts tapsend
in den Abgrund gerät.

Doch in Wirklichkeit wurde kein einziges Todesurteil von Abel persönlich vollstreckt, und mag er zuweilen noch so beherzt gewesen sein. Es war stets sein ärgster Rivale, der geheimnisumwobene Anonymus, welcher jeweils praktisch in Aktion trat, um überführte Bösewichte ins vermeintlich ewige Leben zu befördern.

XXXV

Jetzt begegnen wir einem besonders aufrechten und darum in der DDR politisch verfolgten Zeitgenossen! Falls dem ungelogen so ist.

Nach Auffassung des betreffenden Herrn wären letztlich fast alle Bürger der neuen Bundesländer einst getreue Untertanen einer Verbrecherbande gewesen. Eigens deshalb habe er das Weite gesucht, indem er schon Jahre vor der Wende „nach drüben" flüchtete. Allein das käme einer Heldentat gleich, fügte er meist im Brustton fester Überzeugung hinzu. Doch nun sei er wieder hier, um uns beizubringen, was Freiheit bedeute und wie man echten Wohlstand schaffe. Dafür müsse jedoch zuallererst der völlig durchseuchte Saustall gründlich ausgemistet werden, wozu er sich im Rahmen seiner Möglichkeiten auch konsequent einsetzen wolle. So sprach der Neuankömmling in den neunziger Jahren. Zudem schwafelte er unentwegt vom christlichen Ethos und fand auch bald Aufnahme in der entsprechenden Organisation. Dort wollte er sich nachhaltig ins Zeug legen, um seine Ideale als beherzter Politiker mit aller Kraft umzusetzen. Und tatsächlich erreichte der

Mann im provinziellen Parteiengefüge schon bald eine erstaunliche Höhe.

Doch wachsame Christdemokraten durchschauten im Laufe der Zeit ihren selbst ernannten Heilsbringer, und sie trachteten danach, den Schaumschläger und Faulpelz möglichst bald aus ihren Reihen zu entfernen, was ihnen jedoch aus unterschiedlichen Gründen nicht gelang. Dagegen war Abel schneller, indem er kraft seiner mörderischen Veranlagung dafür sorgte, dass der Gernegroß während der Jahrhundertflut im August 2002 vom angeblichen Elbmonster verschlungen wurde. Sonach hatten etliche Mitbürger ein Problem weniger.

Mein Freund und der Rückkehrer kannten sich bereits von früher. Ein kameradschaftliches Verhältnis zwischen beiden Männern kam jedoch niemals zustande. Weil Abel es seit jeher verabscheut, wenn einer mit den üblichen Arbeitspflichten zum Zwecke ehrbaren Broterwerbs wenig oder gar nichts im Sinne hat, obwohl er dazu vollkommen in der Lage wäre, konnte er den skrupellosen Aufschneider einfach nicht ausstehen. Trotzdem heftete sich der Wichtigtuer nach Ulrikes Tod immer mehr an Abels Fersen, wollte dessen Zuneigung regelrecht erzwingen, namentlich seitdem er von seinen Gesinnungsleuten in die Schranken verwiesen wurde. Das ertrug unser Protagonist eine ganze Weile, bis ihm schließlich der Kragen platzte und er darauf bedacht war, den verhassten Tunichtgut aus dem Weg zu räumen.

Wer hier nichts taugte, brachte es auch in den alten Bundesländern selten zu etwas, mit Ausnahme jener Personen, die ihre Hassgesänge gegenüber DDR-Verhältnissen einfach nicht zähmen konnten. Solche Typen sind heute noch gefragt. Auch hierzu ist ein Gedanke aus dem kleinen Notizbuch zu entnehmen: „Ideologie und weltanschaulicher Fanatismus, gleich welcher Art, kennen keine Toleranz. Sie gleichen eher einem üblen geistigen Sumpf als humanistischen Bestrebungen. Dagegen gibt es offenbar noch kein wirksames Mittel, das Abhilfe schaffen könnte."

Und warum geriet ein beliebter Kneipenwirt in tödliche Bedrängnis, das elfte Opfer in unserer Mordserie? Auch dieser Fall hat eine ungewöhnliche Beschaffenheit.

Die absonderliche Geschichte begann damit, dass ein Meißner Gastronom mit seinen üblichen Einnahmen plötzlich nicht mehr zufrieden war, obwohl sie über Jahre hinweg meist üppig flossen und seiner Familie einen beachtlichen Lebensstandard ermöglichten. Als sich ihm unerwartet die Chance bot, ohne nennenswerten Aufwand seine finanziellen Erträge beträchtlich zu erhöhen, vermochte er einer derart reizvollen Verlockung nicht zu widerstehen, wohl kaum ahnend, dass ein Unheil seinen Lauf nimmt.

Hinter der betrügerischen Offerte lauerten nämlich Wölfe im Schafspelz. Sie trachteten emsig danach, das Gasthaus zu einem geheimen Umschlagsplatz für Rauschgifte zu machen. Das lief auch erstaunlich lange gut, vielleicht nicht zuletzt deshalb, weil sich das Lokal ganz in der Nähe des Elbstromes befindet, über mehrere Zugänge und auch diverse Hinterräume verfügt. Und eine große, zudem treue Kundschaft ist ihm ohnehin traditionell sicher. Also war Mammon dem zwielichtigen Unternehmen überaus zugetan, denn die Gewinne flossen zur Genüge. Davon profitierten nicht nur die Hintermänner, auch der Schankherr wähnte sich fast schon im Schlaraffenland.

Indessen beobachtete Abel mit großer Sorge, wie sich ein Enkelsohn, knapp sechzehn Lenze bietend, zusehends abträglich, geradezu fatal veränderte. Seinen Eltern gegenüber, die natürlich ebenso bekümmert waren, zeigte sich der Jugendliche zu jener Zeit sehr verschlossen. Andererseits öffnete er sich zaghaft dem Großvater, der selbstredend unverzüglich nach der Quelle des Übels suchte und sie auch bald entdeckte: Sein geliebter Nachfahre war inzwischen regelmäßiger Kunde der skrupellosen Halunken. So stieg daraufhin der Kneipenwirt im Wonnemonat 2004 letztmalig auf den Aussichtsturm unsere Frauenkirche.

Ein überaus galanter und ebenso selbstbewusst auftretender Zeitgenosse müsste sich doch überwiegend wie Hans im Glück fühlen und besonders viel Freude empfinden? In Meißen widerfuhr jedoch einem weithin geschätzten Charmeur völlig Entgegengesetztes, denn ihm ward äußerst überraschend der Garaus gemacht.

Der Herr, so um die fünfzig und von stattlicher Erscheinung, hatte im Laufe der Jahre viele Damen beglückt und einer sogar den vermeintlichen Ehehimmel beschert. Von nicht wenigen Männern aufrichtig bewundert und weitaus mehr Frauen heiß begehrt, wähnte sich der Schwerenöter anscheinend wie vormals Casanova, Don Juan oder Belami, um ein paar einschlägige Gestalten zu nennen.

Indessen gibt es unter den Ladys auch stets welche, die mit amourösen Abenteuern nichts im Sinn haben, meist schon allein deshalb nicht, weil sie mit ihrer Lage durchaus zufrieden sind und das kostbare Gut einer harmonischen Partnerschaft, Ehe oder Familie unter keinen Umständen gefährden wollen. In genau solch eine Situation geriet zufällig der erwähnte Herzensbrecher, als er sich an Abels jüngste Tochter heranmachen wollte. Nachdem er sie zusehends bedrängte, um seine Begierde an ihr zu stillen, erteilte sie ihm eine schroffe Abfuhr. Doch er ließ nicht locker und wollte mit allen Mitteln sein Ziel erreichen. Indessen empfand die glücklich verheiratete junge Frau und Mutter sein aufdringliches Werben als zutiefst unangenehm, gleichsam einer lästigen Schmeißfliege. Als die Sache dem Vater der Bedrängten zu Ohren kam, war das Schicksal des Weiberhelden endgültig besiegelt, und er geriet bald danach unter einen fahrenden Omnibus.

Man sollte aber wissen, dass unser Gerechtigkeitsapostel lägst ein Triebtäter war und seine Kapitalverbrechen bereits eindeutig rituellen Charakter angenommen hatten. Abel fühlte sich umso wohler, je mehr unliebsame Personen er liquidieren konnte. Wahrlich kein gutes Zeichen! Vermutlich war er schon von einer schweren Psychose befallen. Wie sonst wäre sein animalisches Verlangen zu erklären, gezielt Menschen zu töten und sich daran zu ergötzen? Ach, mein einst so wunderbarer Freund, was ist nur aus dir geworden? Bist du das Monster mit dämonischer Kraft, Anonymus gar, der nur Gutes will und doch Böses schafft?

An letzter Stelle der ungewöhnlichen Todesserie folgt ein Finanzbeamter. Er sprang am ersten Juni 2011 von der obersten Plattform unserer Frauenkirche. In Abels Notizen findet man dazu kein einziges Wort. Das könnte mehrere Gründe haben. Es handelt sich immerhin um den dreizehnten Fall, worüber ich hier aber nicht weiter spekulieren möchte. Und meinen früheren Intimus kann ich ja nicht befragen, auch wenn mich vereinzelt das mulmige Gefühl beschleicht, als wäre er ganz in meiner Nähe. –

Natürlich war Abel von jeher klar, dass sich die Welt nicht verändern lässt, indem man einige Bösewichte zur Strecke bringt. Wenn er es dennoch getan hat, so ist das allein seiner dämonischen Veranlagung geschuldet, einer antreibenden, finstern und zuweilen auch selbstzerstörerischen Kraft. Diese, einzig ihm ureigene, Energieform vermochte er nicht mehr zu unterdrücken, nachdem seine außerordentlich faszinierende, von ihm wahrhaft inbrünstig vergötterte Ulrike von zwei jugendlichen Kriminellen auf bestialische Weise getötet wurde. So nahm das Schicksal seinen Lauf.

Epilog

Hier versiegt zugleich die Quelle der vertraulichen Offenbarung meines langjährigen Freundes Abel. Sonach wären weitere Darlegungen Dichtung statt Wahrheit. Die verehrten Leser haben indes Anspruch auf eine wirklichkeitsnahe Information.

Möge diese Abhandlung sämtliche Interessenten weitgehend aufklären und namentlich die Meißner unter ihnen tunlichst für immer vom Fluch und Schrecken des Mysteriums befreien!

Somit betrachte ich jene Zusicherung als eingelöst, die ich zu Christi Himmelfahrt am zweiten Juni 2011 meinem einstigen Weggefährten oder seinem ärgsten Widersacher bangen Herzens gegeben habe.

Nun lösen beispielsweise Stokers Titelheld Dracula oder erst recht Goethes Mephisto als literarische Gestalten weltweit Faszination aus, obgleich sie weiß Gott keine Menschenfreunde waren. Hingegen ist Abel Kager eine reale und äußerst widersprüchliche Person, eine Art Musterfall des Guten und Bösen in einem, die augenscheinliche Verkörperung menschlicher Wesenszüge.

Vielleicht sind unsere geheimen Wünsche und Hoffnungen nicht so ausgeprägt wie bei ihm, aber in unserem tiefsten Innern wenigstens keimhaft vorhanden, denn sie enthalten urwüchsige Sehnsüchte der Erdenbürger. Ob und inwiefern sie zutage treten und sich entwickeln, hängt ganz von den jeweiligen Umständen ab. Indem bei Abel letztlich die dunklen Abgründe seines Gewissens Oberhand gewannen, womöglich in Gestalt des Anonymus, machte er sich strafbar. Allerdings konnten seine Vergehen bislang nicht geahndet werden, weil er sich davonstahl und einem gerechten Urteil entzog, getreu dem Motto: Lieber in der Fremde ein Unbekannter als zu Hause ein Gefangener.

Freilich ist nicht auszuschließen, dass so mancher begeistert wäre, über eine derart bizarre Eigenschaft zu verfügen, zumal sie weltweit einmalig sein dürfte. Doch mein Freund leidet schrecklich darunter, weil er infolge seines zutiefst humanen Charakters stets nur Gutes wollte, jedoch auch Böses verursachte. Des Schicksals Mächte sind eben unberechenbar. Und Glück ist ein leicht zerbrechliches Gut!

Ob Abel inzwischen irgendwo eine feste und sichere Bleibe fand oder wie der Ewige Jude Ahasverus als ein fortwährend unverstandener und gejagter Zeitgenosse durch die Welt irrt, entzieht sich meiner Kenntnis.

Gleichwohl erlaube ich mir einen Fingerzeig zum Inhalt dieser Erzählung: Alles ist so gewesen wie durch mich kundgetan. Doch nichts war genau so, denn manchmal reichen sich Traum und Wirklichkeit freundschaftlich die Hand, mitunter umarmen sie sich sogar glückselig, weil ich dem unbändigen Reiz des Fabulierens erlag.

Offenbar verkündete Shakespeare die Wahrheit, als er seinen Macbeth sagen ließ:

> *Das Leben ist ein Schattenspiel,*
> *ein Schmierenkomödiant,*
> *der seinen kurzen Auftritt*
> *wohl oder übel bestreiten muss*
> *und dann für immer abtritt.*
> *Es ist ein Märchen,*
> *das ein Narr erzählt,*
> *voller Schall und Rauch,*
> *das aber nichts bedeutet!*

Noch einen zweiten Wink will ich reichen, der als goldene Brücke dienen kann: Gegebenenfalls verbirgt sich des Rätsels Lösung in einer Dreieinigkeit, wonach Abel, Anonymus und ich zwar als verschiedene Protagonisten auftreten, letztlich aber doch nur eine Person verkörpern?
Wie dem auch sei, wichtig ist, dass ich meine Getreuen gut unterhalten und nicht enttäuscht habe!

Zum vorläufigen Abschied:
Papst Franziskus würde Abel wahrscheinlich verzeihen und dafür sorgen, dass er von seiner teuflischen Zwangsvorstellung, er müsse erlittene Bosheiten unbedingt persönlich ahnden, befreit wird. Ich hingegen kann ihm leider bis auf

Weiteres nicht mehr helfen, obwohl er mein bester Freund war und wohl auch für immer bleiben wird.

Umso mehr ersuche ich meine verehrte Leserschaft um Hinweise und Vorschläge für eine Fortsetzung der Story, denn Abel Kager lebt ja noch. Und er wird eines Tages wieder in unsere wunderschöne Stadt Meißen zurückkehren. Daran gibt es nicht den geringsten Zweifel. Ergo könnten uns die Verfolgungsjagd auf seinen abenteuerlichen Fluchtwegen und vor allem sein tolldreister Entschluss, die letzten Lebensjahre, sicherlich getarnt mit völlig anderer Identität, wieder in vertrauten heimatlichen Gefilden zu verbringen, mehr als genug literarischen Zündstoff liefern. Mithin dürften wir gespannt bleiben, auch wegen Abels düsterer Prophezeiung, welche sich ja bis jetzt nicht bewahrheitet hat, denn noch tänzeln wir beide unversehrt auf dem Erdenrund.